Y0-BXI-285
The University Library
UNIVERSITY OF CALIFORNIA/RIVERSIDE

LUIS LOAYZA

EL SOL DE LIMA

FONDO DE CULTURA ECONÓMICA
MÉXICO

Primera edición (Mosca Azul Editores), 1974
Segunda edición, corregida y aumentada (FCE), 1993

ISBN 968-16-4169-8

Impreso en México

APROXIMACIONES A GARCILASO

LAS OPORTUNIDADES

EL INCA GARCILASO, como muchos grandes escritores, parece señalado por el destino; la vida entera es una preparación de la obra. Muchos ven un símbolo en este hijo de princesa india y de conquistador español, en el niño que en la clara mañana del Cuzco escucha los relatos militares de la Conquista y las crónicas llorosas del Imperio perdido, como si desde un comienzo hubiese estado predestinado para la obra. Conocemos, es cierto, el futuro que le aguarda, la tarde creadora de los *Comentarios Reales* que sucede a esa mañana, pero admitamos que sería imposible imaginar para el gran escritor del Perú una infancia mejor, una experiencia más espléndida. Luego viene el viaje a España, a la vitalidad y la inteligencia de España en el siglo XVI. Garcilaso llega a España en uno de los momentos más altos de la literatura del idioma y bebe en las fuentes del Renacimiento. La visita a Italia es posible, no comprobada. Basta saber que su primera experiencia de escritor será traducir del italiano los *Diálogos de Amor* de León Hebreo, libro característico de la cultura europea de la época. Hay que agregar: libro que no guarda ninguna relación directa con América. Garcilaso no fue el perpetuo nostálgico de su patria que algunos han supuesto; en todo caso, la vuelta espiritual al Perú pasó por una traducción del italiano; para escribir el libro peruano por excelencia ganó sus medios expresivos en la escuela de Europa. Es prudente, tiene tiempo, su estrategia es soberbia. El paso siguiente será *La Florida del Inca,* obra histórica basada en el testimonio de un viejo conquistador encontrado en España. En fin, Garcilaso escribe los *Comentarios Reales* en plena madurez, seguro de sí y en posesión cabal de su talento.

Hasta en su historia íntima habrá tenido suerte Garcilaso. Aun la postergación y la soledad sirvieron para llevarlo a su vocación de escritor. Llegó a España con ilusiones de una pensión, acaso de una vida de corte, que pronto quedaron disipadas. ¿Qué hubiera escrito un Garcilaso cortesano o burócrata en la administración de Indias? Intentó sin éxito una carrera en la milicia, aunque por un rápido ascenso cabe suponer que se portó honrosamente. Pronto tuvo que volver a Montilla, a mascar el freno de pariente pobre en casa del hermano de su padre. Esa quietud del retiro provinciano, la larga preparación, la herencia que trajo cierto desahogo económico, la biblioteca, el silencio en que volvían a él los años del Perú —que sin duda le parecían felices, con el resplandor de lo perdido— todo lo que levantó o reforzó en él su resignada sensación de fracaso, lo ayudó al mismo tiempo a escribir los *Comentarios Reales*.

Era un hombre triste, se sentía desengañado. En el Proemio de *La Florida* dice:

> Que cierto, confesando toda verdad, digo que, para trabajar y haberla escrito, no me movió otro fin sino el deseo de que por aquella tierra tan larga y ancha se extienda la religión cristiana; que ni pretendo ni espero por este largo afán mercedes temporales; que muchos días ha desconfié de las pretensiones y despedí las esperanzas por la contradicción de mi fortuna. Aunque, mirándolo desapasionadamente, debo agradecerle muy mucho el haberme tratado mal, porque, si de sus bienes y favores hubiera partido largamente conmigo, quizá yo hubiera echado por otros caminos y senderos que me hubieran llevado a peores despeñaderos o me hubieran anegado en ese gran mar de sus olas y tempestades, como casi siempre suele anegar a los que más ha favorecido y levantado en grandezas de este mundo; y con sus disfavores y persecuciones me ha forzado a que, habiéndolas yo experimentado, le huyese y me escondiese en el puerto y abrigo de los desengañados, que son los rincones de la soledad y pobreza, donde, consolado y satisfecho con la escasez de mi poca hacienda, paso una vida, gracias al Rey de los Reyes y Señor de los Señores, quieta y pacífica, más envidiada de ricos que envidiosa de ellos. En la cual, por no estar ocioso, que cansa más

que el trabajar, he dado en otras pretensiones y esperanzas, de mayor contento y recreación del ánimo que las de la hacienda, como fue traducir los tres *Diálogos de Amor* de León Hebreo, y, habiéndolos sacado a luz, di en escribir esta historia, y con el mismo deleite quedo fabricando, forjando y limando la del Perú, del origen de los reyes incas, sus antiguallas, idolatrías y conquistas, sus leyes y el orden de su gobierno, en paz y en guerra.

Garcilaso se ve a sí mismo embarcado en su carrera de escritor. Como siempre que hace una confidencia, se reserva; no es un hombre que se entregue fácilmente y su estoicismo de desengañado de la fortuna, de solitario desasido de los bienes del mundo, recuerda demasiado un viejo tema literario para que sea muy de fiar; advertimos que se siente víctima de una injusticia, que se creía destinado a cosas mejores. No debe verse sin embargo en esta declaración una simple fórmula del resentimiento y concluir que la literatura fue para él un refugio que le impuso la vida y no una decisión íntima. Una de las palabras clave del texto es *deleite*: "con el mismo deleite quedo fabricando, forjando y limando la del Perú"; comprendemos que, a pesar de su natural inclinado al desaliento, que lo lleva a lamentarse mientras finge que se declara satisfecho, estamos ante un hombre que se ha encontrado a sí mismo y hace lo que quiere hacer, un escritor en el ejercicio de su vocación.

El genio literario no puede reducirse a factores biográficos o sociales. Garcilaso tuvo muchos contemporáneos que, como él, eran mestizos; algunos llegaron a España y dispusieron de libros y tranquilidad, pero sólo él escribió los *Comentarios Reales*. No es menos cierto que se le presentaron oportunidades que los escritores peruanos no volverían a encontrar durante mucho tiempo: no viajarían a España, no entrarían en contacto con la cultura europea, se sentirían coloniales, desterrados, su actitud frente al Perú no podría ser la misma. Recordemos a Juan de Espinosa Medrano, llamado el Lunarejo, el mejor escritor peruano del siglo XVII. Para él, que tal vez ni siquiera llegó a Lima, se hallaba muy lejos Europa, el centro radiante de la cultura, como lo recuerda, con amargura discreta, en uno de sus sermones: "Predico en el Cuzco y no en Consistorio de Cardenales". El cura español que enseñó las primeras letras a Garcilaso deseaba ver a sus alumnos peruanos en la Universidad de Salamanca; por lo menos, Garcilaso llegó a establecerse en un medio cultural más rico y supo aprovechar las oportunidades que al comienzo de la Colonia se presentaban a algunos americanos en el orden de la cultura. El Lunarejo, aunque gracias a la profesión eclesiástica y al propio talento logró ser un escritor, como era muy raro que llegaran a serlo, en esa sociedad, los hombres de su raza, no tuvo ante sí las mismas oportunidades. No es sólo que le faltasen mejores maestros y libros, más posibilidades de escribir y publicar, aunque esto ya sea mucho. La condición colonial lo llevó al formalismo, a la cultura entendida como juego: no podía enfrentarse a la realidad de su país, ni siquiera verla claramente: se hallaba sumido en su propia realidad de postergado, de "desterrado de la luz". En su obra las menciones del Perú son rapidísimas. Quería parecer un europeo, convertirse mediante la cultura en un europeo, porque Europa era el centro del mundo y el Perú nada más que una provincia distante. Acaso el Lunarejo, en el Cuzco, estuvo siempre más lejos del Perú que Garcilaso, que pasó casi toda su vida en España. Garcilaso se sentía próximo de los Incas y defendió el pasado peruano contra el menosprecio y el olvido, participó en la creación de una cultura. A pesar de sus precauciones, de su humildad defensiva, se siente en su voz el tono del orgullo: un peruano habla del Perú movido, como lo dice hermosamente, por el "amor natural de la patria". Lo que le interesa no es tanto Europa sino cómo Europa ha creado o puede crear en el Perú algo nuevo, Europa y el mundo vistos desde el Perú, el Perú como centro del mundo.

Las defensas

Desde las primeras páginas de los *Comentarios Reales* Garcilaso se declara indio y, con cierta modestia que es a un tiempo defensiva e irónica, pretende admitir la inferioridad de su condición. Disculpándose de tratar "conforme a la común costumbre de los escritores" si hay muchos mundos, si el cielo y la tierra son redondos o llanos, y otros temas no menos inútiles, anuncia que ése no es su principal intento "ni las fuerzas de un indio, pueden presumir tanto" (*Comentarios Reales* I, 1). Es claro que tales pedanterías no le interesan, las menciona porque es el uso erudito pero no quiere perder tiempo con ellas. "Un indio no puede tratar temas tan elevados" se entiende aquí como: yo, aunque indio, no voy a aburrirme ni a aburrir al lector con estas cuestiones que tratan otros autores.

A la condición de indio añade su escasa instrucción: "Al discreto lector suplico reciba mi ánimo, que es de darle gusto y contento, aunque las fuerzas ni la habilidad de un indio, nacido entre los indios y criado entre armas y caballos no puedan llegar allá" (I, 19). El lector discreto no tarda en darse cuenta de que a este indio poco instruido no le faltan lecturas ni meditación. Como muchos escritores, Garcilaso cede a la coquetería de presentarse como un hombre de acción y no como un intelectual. Pretende que le creamos bajo palabra que es un militar sin letras ni capacidad para la investigación: "no lo sé, ni es de soldado como yo inquirirlo" (II, 7) dice cuando se trata de un detalle que prefiere omitir, aunque en otros casos abunda en precisiones. Recuerda su infancia sin muchos libros para explicar su escaso latín: "porque lo poco que de ella sé [de la lengua latina] lo aprendí en el mayor fuego de las guerras de mi tierra, entre armas y caballos, pólvora y arcabuces, de que supe más que de letras" (II, 27). Todavía va más allá. Aunque en él son tan claras la voluntad y el esfuerzo de estilo, se disculpa por su incapacidad expresiva: "El P. Valera [...] dijo en su galano latín lo que sigue, que yo como indio traduje en mi tosco romance" (I, 6). También habría que creerle que no domina el español, que su verdadero idioma es el quechua: "he procurado traducir fielmente de mi lengua materna, que es la del Inca, en la ajena, que es la castellana [...]" (I, 17).

Garcilaso se presenta como un indio, un viejo soldado sin letras que no escribe bien el español porque su lengua materna es el quechua. Compone así un personaje hecho de verdades a medias, de usos de buena educación literaria y de ironía. Desde luego, él mismo no cree en su personaje y no puede esperar que muchos lectores lo acepten, pero tanta modestia tiene sobre todo un valor táctico. Este personaje rudo y sencillo dirá sin duda la verdad. Garcilaso, a pesar de ser indio, precisamente por ser indio, dispone de una ventaja enorme sobre los historiadores españoles que (como Gómara) hablan de lo que no conocen; tiene experiencia directa de su material, ha vivido veinte años en el Perú, fue testigo de muchos de los sucesos que narra o recogió testimonios de primera mano. Todavía no es mucho decir, pues varios de los cronistas españoles fueron no sólo testigos sino actores de la Conquista y las guerras civiles. Pero Garcilaso es indio, emparentado por su madre con la familia real, heredero de las muchas virtudes de los Incas —entre ellas la veracidad—, que luego describirá minuciosamente, y puede dar fe de lo que afirma: "De lo cual yo, como indio Inca, doy fe de ello" (I, 5). Los españoles han encontrado desde un primer momento una resistencia obstinada en los indios que, al ser interrogados, callan o inventan lo que suponen desea oír el conquistador; en cambio, asegura Garcilaso, "por ser hijo natural, no me negarán, como lo han negado a los españoles" (V, 29). Él los conoce desde dentro porque es uno de ellos, habla de lo que ha visto y vivido. "Esto afirmo como indio que conozco la natural condición de los indios" (II, 5). Argumentos peligrosos: está bien invocar la condición de indio para justificar sus limitaciones, con ironía que tal vez escape a los lectores, pero su identificación con los indios, que le permite conocerlos mejor, lo hace también sospechoso de parcialidad. Mientras dure la opresión de los indios cada uno de ellos será un heredero desposeído de los Incas y, en potencia, un enemigo de los españoles. Garcilaso no es una excepción y tiene conciencia de este posible cargo de parcialidad. En *La Florida* había dedicado todo un capítulo (II, 1, 27) a responder a quienes creyeron exagerados sus elogios de los indios norteamericanos, pues el lector podía imaginarse "que lo hacemos, o por presumir de componer, o por loar nuestra nación, que, aunque las regiones y tierras estén tan distantes, parece que todas son Indias". Al igual que en esa ocasión, en los *Comentarios Reales* admite la necesidad de apoyarse en autores españoles "de cuya autoridad [...] me quiero valer en semejantes pasos contra los maldicientes, porque no me digan que finjo fábulas en favor de la patria y de los parientes" (v, 6).

En su condición de indio natural del Perú se hallan su fuerza y su debilidad de historiador y, a primera vista, parecen anularse. Pero hay algo más, el golpe decisivo que inclina la partida en su favor, la jugada maestra: el conocimiento del idioma quechua.

Su idioma materno es el quechua, por el que declara su aprecio desde las primeras páginas de los *Comentarios Reales*: "que cierto es lástima que se pierda o corrompa, siendo una lengua tan galana" (Advertencias). En algún lugar, como hemos dicho, lo recuerda para explicar su pretendida torpeza en el manejo del castellano, en la que ningún lector puede creer. Más importante es que su dominio del quechua le permita rectificar los errores de los autores españoles sin poner en duda su buena fe, refutarlos dulcemente, destruirlos sin ofenderlos: "de manera que no decimos cosas nuevas, sino que como indio natural de aquella tierra ampliamos y extendemos con la propia relación la que los historiadores españoles, como extranjeros, acortaron por no saber la propiedad de la lengua, ni haber mamado en la leche aquestas fábulas y verdades, como yo las mamé" (II, 10). Los pobres españoles no entienden nada a derechas, "casi no dejan vocablo sin corrupción, como largamente hemos dicho y diremos más adelante" (VII, 5). Es natural que así sea, porque se les escapan ciertos matices de pronunciación de los que carece el castellano y que muchas veces alteran por completo el recto entendimiento de un término. "De la cual pronunciación y de todas las demás que aquel lenguaje tiene no hacen caso alguno los españoles, por curiosos que sean, con importarles tanto el saberlas, porque no las tiene el lenguaje español" (II, 5). El mismo Cieza de León, aunque ha viajado tanto y es observador digno de fe, "por ser español no sabía la lengua tan bien como yo, que soy indio Inca" (II, 2). Aquí estamos lejos de quien se disculpaba por sus escasas fuerzas de indio; durante un instante brevísimo Garcilaso se descubre y deja ver el orgullo de su civilización. Los españoles se imaginan que han aprendido el idioma de los Incas pero se equivocan, como aquel dominico que fue durante cuatro años catedrático de quechua y no conocía las distintas pronunciaciones del nombre *pacha*. "¿Habiendo sido maestro en la lengua ignora esto?" (II, 5) pregunta Garcilaso, con palabras que, en su impecable cortesía, suenan como una explosión. En fin, si ya "se ve largamente cuánto ignoran los españoles los secretos de aquella lengua" (II, 15), por las razones que se han dicho, lo extraordinario es que para cuidarse las espaldas, para que no se invoque contra su opinión el testimonio de otro peruano, Garcilaso pretende que ni siquiera los propios indios conocen bien el quechua, pues el Cuzco fue el único centro efectivo de cultura en el Perú prehispánico: "cuánto se engañan en declarar el lenguaje del Perú los que no lo mamaron en la leche de la misma ciudad del Cuzco, aunque sean indios, porque los no naturales de ella también son extranjeros y bárbaros en la lengua como los castellanos" (V, 21). Con un criterio cultista, más extraño para nosotros que para sus primeros lectores, Garcilaso afirma que los cuzqueños son los únicos que conocen a fondo el idioma del Perú. Por poco se queda solo con los Incas, con la familia real del Cuzco casi exterminada por Atahualpa, es decir, consigo mismo y sus familiares.

Ya puede apreciarse la amplitud del movimiento táctico. Garcilaso es un indio de pocas fuerzas, como todos los indios, un viejo soldado sin letras: primera retirada aparente que desarma a los posibles críticos. En tanto que peruano, conoce bien a los hombres y las cosas de su tierra, aunque por su propia condición se le podría acusar de parcialidad, y para evitarlo suele buscar el apoyo de los historiadores españoles:

primer ataque y defensa inmediata para cubrirse el flanco. Ahora viene la maniobra envolvente: el secreto de un país, de una cultura, está en el idioma y los españoles no conocen ni pueden conocer la lengua del Perú, tan distinta de la suya, cuyos sonidos no alcanzan a distinguir. Es casi imposible que entren en contacto con los indios, y aunque lo consigan su éxito no es seguro: sólo la gente del Cuzco sabe de verdad el idioma, sólo los cuzqueños poseen la clave. No hace falta más, a cualquier contraataque Garcilaso podría responder con las palabras de otro peruano: "Así se dice en el Perú, me excuso". El conocimiento del quechua es fundamental para su autoridad de historiador de la cultura peruana.

Sólo ahora viene lo más sorprendente. Garcilaso construye esta argumentación sutil en los *Comentarios Reales*, pero años antes él mismo se ha encargado de desbaratarla. En *La Florida* [Advertencias (II, 1)] había confesado que olvidaba el quechua:

> Porque con el poco o ningún uso que entre los indios había tenido de la lengua castellana, se le había olvidado hasta el pronunciar el nombre de la propia tierra, como yo podré decir también de mí mismo que por no haber tenido en España con quien hablar mi lengua general y materna, que es la general que se habla en todo el Perú, aunque los incas tenían otra particular que hablaban ellos entre sí unos con otros, se me ha olvidado de tal manera que, con saberla hablar tan bien y mejor y con más elegancia que los mismos indios que no son incas, porque soy hijo de palla y sobrino de incas, que son los que mejor y más apuradamente la hablan por haber sido lenguaje de la corte de su príncipes y haber sido ellos los principales cortesanos, no acierto ahora a concertar seis o siete palabras en oración para dar a entender lo que quiero decir, y más, que muchos vocablos se me han ido de la memoria, que no sé cuáles son, para nombrar en indio tal o tal cosa. Aunque es verdad que, si oyese hablar a un inca, le entendería todo lo que dijese y, si oyese los vocablos olvidados, diría lo que significan; empero de mí mismo, por mucho que lo procuro, no acierto a decir cuáles son. Esto he sacado por experiencia del uso o descuido de las lenguas, que las ajenas se aprenden con usarlas y las propias se olvidan no usándolas.

Es claro que Garcilaso ha perdido en gran parte el uso activo del quechua, aunque supone que recobraría al menos un conocimiento pasivo si tuviese oportunidad de conversar con un peruano. ¿Dónde quedan entonces las muchas discusiones que resuelve apelando a su dominio del idioma? ¿No es posible que trocara las pronunciaciones, de matices tan sutiles, y con ellas el sentido de algunas palabras? En los propios *Comentarios Reales* volveremos a encontrar textos semejantes: "Reprendiendo yo mi memoria por estos descuidos, me responde ¿que por qué la riño de lo que yo mismo tengo la culpa? Que advierta yo que ha cuarenta y dos años que no hablo ni leo en aquella lengua. Válgame este descargo para el que quisiere culparme de haber olvidado mi lenguaje" (VIII, 18). O, más explícitamente, "el nombre que los indios le dan se me ha ido de la memoria, aunque fatigándola yo en este paso muchas veces y muchos días, y reprendiéndola por la mala guarda que ha hecho y hace de muchos vocablos de nuestro lenguaje, me ofreció por disculparse este nombre *cacham* por pepino; no sé si me engaña" (VIII, 11). "No sé si me engaña..." Este acto de modestia es sincero. Garcilaso está pensando en sus lectores peruanos y ante ellos se descubre, se entrega, depone la actitud defensiva que adopta ante los españoles: "mis parientes, los indios y mestizos del Cuzco, y todo el Perú, serán jueces de esta mi ignorancia, y de otras muchas que hallarán en esta mi obra; perdónenmelas, pues soy suyo, y que sólo por servirles tomé un trabajo tan incomportable como éste lo es para mis pocas fuerzas (sin esperanza de galardón suyo ni ajeno)" (VIII, 11).

Más de una vez Garcilaso nos manda estos mensajes a los peruanos. Se ha recordado muchas veces el encabezamiento del prólogo de la *Historia General*: "Prólogo a los Indios, Mestizos y Criollos de los Reinos y Provincias del grande y riquísimo Imperio del Perú, el Inca Garcilaso de la Vega, su hermano, compatriota y paisano, Salud y felicidad", que bastaría para probar cómo piensa en nosotros. Escribe también para otros lectores que no son peruanos, como lo dice de inmediato: "por dar a conocer al universo nuestra patria, gente y nación" y, en efecto, consigue lo que se propone, pues su obra encontrará una resonancia extraordinaria en Europa. Pero es cierto que nos distingue de los demás, de quienes no son de esta tierra: "Nombrar las provincias tan en particular es para los del Perú que para los de otros reinos fuera impertinencia; perdóneseme que deseo servir a todos" (*Comentarios Reales*, II, 16).

Garcilaso se llama a sí mismo indio. Más exactamente, fue un mestizo. Quienes ven en él un símbolo racial de la reconciliación, tan cerca de los españoles como de los incas, aseguran, con visión idílica de lo colonial, que se sentía orgulloso de serlo y que declara llamarse mestizo "a boca llena". Esto no es tan claro y la cita no suele hacerse de manera completa. Cuando Garcilaso se refiere a sí mismo como mestizo, caso excepcional, dice algo más: "A los hijos de español y de india, o de indio y de española, nos llaman mestizos por decir que somos mezclados de ambas naciones; fue impuesto por los primeros españoles que tuvieron hijos en Indias; y por ser nombre impuesto por nuestros padres y por su significación, me lo llamo yo a boca llena y me honro con él. Aunque en Indias si a uno de ellos le dicen sois un mestizo, lo toman por menosprecio" (IX, 31). Como vemos, Garcilaso declara honrarse con el nombre de mestizo, pero añade que éste ha sido impuesto por los españoles, que él lo acepta por su significación aunque también por respeto filial y recuerda que en las Indias puede ser insultante. La declaración queda matizada en el acto y no parece que pueda llegarse a una conclusión a partir de ella. Lo innegable es que Garcilaso se llamaba a sí mismo no mestizo sino indio. Con el mismo derecho pudo recordar la otra mitad de su sangre y llamarse español. No lo hizo ni una sola vez, al igual que reclama como su idioma el quechua de su madre, que ha olvidado ó tiende a olvidar, y no el español de su padre en que escribe. En cambio no es raro que al pensar en los incas se identifique con ellos. En los diálogos de la infancia preguntaba a sus parientes: "¿Quién fue el primero de *nuestros* Incas? [...] ¿Qué origen tuvieron *nuestras* hazañas?" (I, 15). Cuando habla de la Conquista no hay una identificación semejante con los compañeros de su padre: "yo nací ocho años después que los españoles ganaron *mi* tierra" (I, 18).

Naturalmente, acudiremos a la *Historia General* para precisar la visión que tiene Garcilaso de la Conquista, pero ya en los *Comentarios Reales* hay varias referencias al encuentro entre las dos culturas. Garcilaso justifica la Conquista porque con ella se ganó el Perú para la religión cristiana, tesis oficial que estaba prácticamente obligado a defender, si bien no hay por qué dudar de su sinceridad. Esboza también algunas débiles objeciones, muchas veladas ironías. En las continuas acusaciones de desconocimiento del quechua que hace a los españoles hay una crítica implícita: los conquistadores no pudieron —o tal vez no quisieron—comprender la civilización que en gran medida habían destruido. Garcilaso defiende las conquistas de los incas aduciendo el estado de barbarie de los pueblos vencidos, con lo cual recoge la única versión de que disponía, la versión interesada del pueblo vencedor, sin duda injusta para las culturas anteriores. En cambio su obra hará imposible valerse de las mismas razones en favor de la conquista española, pues ha sido escrita para enaltecer la cultura del Imperio. Los españoles estaban destinados a vencer por su superioridad militar y técnica y, argumento espiritual, por su calidad de portadores del cristianismo. Pero los Incas no eran bárbaros. Más aún, los bárbaros, los ciegos en relación con la cultura del Perú, pueden ser los españoles. Cuando Garcilaso afirma que los indios no naturales del Cuzco son "bárbaros en la lengua, como los castellanos" (V, 21), usa la palabra en el sentido de ignorancia de la lengua, aunque quizá con una punta de ironía. En otro lugar, más claramente: "Los españoles, como extranjeros, no han hecho caso de semejante grandezas, ni para sustentarlas ni para estimarlas, ni aun para haber hecho mención de ellas en sus historias; parece que a sabiendas o con sobra de descuido, que es lo más cierto, han permitido que se pierdan todas" (V, 24). Está hablando de la Conquista, de la época tumultuosa de las guerras civiles que había vivido y recordaba bien; el paso a la Colonia, es decir, a la explotación ordenada y sin heroísmo, a la postergación sistemática y sin esperanza de los indios, no hará sino ahondar su desánimo. Cuando menciona al virrey Toledo, una de las figuras más características del nuevo régimen, es sin ninguna simpatía y casi burlándose de él (VII, 17).

Todo esto es indicio de algo más profundo. Garcilaso siente, aunque nunca se lo haya explicado, la condición colonial. La advierte en su país, en la destrucción y el desconocimiento de la grandeza incaica, en la explotación instaurada después de la Conquista, en su propia vida. Ha tenido muchas oportunidades que ya no se presentarán a los peruanos durante siglos, pero sigue siendo un hombre colonial, es decir, en situación de inferioridad frente a los vencedores extranjeros. Está convencido de que la sangre que le ha transmitido su madre es ilustre pero esa herencia no cuenta. Garcilaso desciende de reyes, pero de reyes muertos de un reino desaparecido, que surgirá otra vez en su imaginación poderosa y tierna. Tal vez soñó un momento con formar parte de la sociedad española aunque fracasó siempre y no por culpa suya: en sus pretensiones de corte, en la carrera militar, en ese nombramiento de representante de la ciudad de Montilla que el señor de la región no confirmó. Tenía conciencia del propio valor y era sólo un indio, venido de lejos, pertenecía a un pueblo conquistado: asumió su condición, fue un indio y lo repitió cien veces en sus libros, se llamó orgullosamente el Inca. Garcilaso descubre lo peruano y en ese momento lo peruano es lo colonial. Construye sus defensas, no compite con los españoles, les reconoce todas las superioridades salvo la única que de verdad le importa, el conocimiento del Perú. No quiere otra libertad que la del escritor: recobrará su infancia en la creación, inventará el gran mito de los Incas, la versión heroica, justa y feliz del Imperio, afirmará que, a pesar de su derrota, el Perú fue también una civilización. Si nos pide perdón a los peruanos por sus olvidos e ignorancias es por ser nuestro, si ante nosotros se presenta sin defensas es porque no las necesita.

“LA FLORIDA DEL INCA”

EL INCA GARCILASO no cita en *La Florida*, ni parece que haya utilizado, las otras dos crónicas sobre la expedición de Hernando de Soto, la *Relación verdadera* del hidalgo de Elvas y la crónica de Rodrigo Rangel, esta última inserta en la obra de Oviedo. Sus fuentes fueron, además del testimonio de Gonzalo Silvestre, las brevísimas crónicas manuscritas de otros dos conquistadores, Juan Coles y Alonso de Carmona, que por azar llegaron a sus manos. Las leyó ya terminado su libro y afirma que volvió a escribirlo para incorporar los datos que contenían. Parece más probable que se limitase a añadir las referencias a sus nuevas fuentes; en efecto, las menciones —en algún caso las citas— de Coles y Carmona figuran al final de los episodios y no intercaladas en la narración; sirven para confirmar la versión que se acaba de leer o le agregan detalles insignificantes. No es exagerado decir que Gonzalo Silvestre fue no sólo la fuente principal de Garcilaso sino prácticamente la única. *La Florida* es lo que hoy podríamos llamar un reportaje, los recuerdos de un testigo directo recogidos por un escritor. Esto debe tenerse en cuenta porque, como trataremos de probar, muchos de sus defectos, sobre todo en cuanto a la precisión histórica, pueden atribuirse a la versión de Silvestre.

Terminada la expedición de la Florida en la cual sirvió, el conquistador Gonzalo Silvestre había pasado al Perú, donde tampoco tuvo suerte. Participó en las guerras civiles, estuvo varias veces a punto de perder la vida, se quebró una pierna, no logró hacer fortuna; aseguraba que el virrey Hurtado de Mendoza lo embarcó con engaños para España, sin duda con intención de quitarse de delante a un pedigüeño, como había muchos. Cuando Garcilaso lo encontró debía ser un hombre envejecido, enfermo, un poco amargado porque no se le reconocían sus méritos y se le negaban beneficios y pensiones. Era además uno de esos narradores inagotables de la propia vida. Sus años con De Soto le parecerían muy dignos de honra, la justificación del reconocimiento que buscaba en vano. Una de las mejores cosas que podía pasarle es que alguien se animase a redactar la historia —*su* historia— de la Florida. El Inca había traducido del italiano los *Diálogos de Amor,* una obra de filosofía neoplatónica sin ninguna relación con América; escribía o se preparaba a escribir sobre el Perú; los relatos de Silvestre le ofrecían una espléndida oportunidad de probarse como escritor y medir sus fuerzas. La redacción de *La Florida* fue un proyecto que interesaba a los dos; ambos tenían algo que ganar. Los uniría también cierta solidaridad de indianos venidos de lejos, los recuerdos del Perú, la sensación de ser víctimas de una injusticia.

Como es natural, el viejo conquistador recordaría sobre todo los muchos trabajos y actos de heroísmo que quedaron sin compensación y destacaría en ellos sus propias hazañas. Aunque Garcilaso no nombra una sola vez a su "autor", basta para sospechar su identidad, confirmada por otras pruebas, el lugar excepcional que ocupa Silvestre en el relato. Silvestre está retratado como se veía a sí mismo desde España y la vejez, y los años, la amargura y el aprecio de sí habían mejorado y embellecido la realidad. Leemos que la primera noche después de zarpar de Sanlúcar, De Soto dejó la nave capitana al mando del joven Silvestre, soldado bisoño e inexperto en navegación. Uno de los otros barcos cambió de rumbo y se puso "a tiro de cañón y a barlovento de la capitana" (I, 7). El muchacho no encontró nada mejor que ordenar que se disparase contra ella y provocó mucha alarma y daños. De Soto recriminó airadamente a los de la nave que se había desviado y no se dice si elogió o censuró a Silvestre, aunque se entiende que la conducta de éste fue impecable. Más adelante, ya en plena expedición, De Soto encarga a Silvestre una misión peligrosa: "A vos os cupo en suerte el mejor caballo de todo nuestro ejército y fue para mayor trabajo vuestro, porque hemos de encomendaros los lances más dificultosos que se nos ofrezcan" (II, 1, 13). Silvestre sale del paso con buen éxito, como de todo lo que emprende, aunque su compañero pone sus vidas en peligro. De Soto "ofreció para adelante la gratificación de tanto mérito" (II, 1, 15). En otras ocasiones, Silvestre es el último en pasar un río, asediado por los enemigos (II, 2, 12), o mata a un indio que ha derribado a tres españoles menos expertos (IV, 14). Cuando los españoles se ven arrastrados a una batalla desventajosa mientras bajan por el Río Grande (el Mississippi), aconseja a su capitán que no vaya a pelear y se ofrece a ir en su lugar. Guzmán rechaza la advertencia, le prohíbe acompañarlo (detalle que deja a salvo el honor de Silvestre), salta a la canoa y corre a su muerte (VI, 7). En fin, para que nada le falte, Gonzalo Silvestre tiene sentido del humor. Los españoles están muriéndose de hambre. Cuatro soldados "de los más principales y valientes" se reparten unos cuantos granos de maíz. Silvestre es el único que no los devora en el acto. Le preguntan si lleva algo de comer y responde: "Sí, que unos mazapanes muy buenos, recién hechos, me trajeron ahora de Sevilla" y "Una rosca de Utrera tengo muy buena, tierna y recién sacada del horno"; luego regala casi todos sus alimentos a los compañeros (III, 8), porque también es austero y desprendido.

Silvestre construye su propio personaje, lo vamos descubriendo y tal vez llegamos a conocerlo mejor de lo que él podía suponer. Es hombre muy distinto de Garcilaso, que cuando recuerda su vida suele presentarse como simple testigo, no como protagonista, aunque no le faltaron aventuras. No sería difícil, pero tampoco justo, hacer ironías sobre el viejo Silvestre, que fue uno de los muchos conquistadores bravos y sin suerte. Garcilaso lo menciona varias veces en los *Comentarios Reales* y en alguna ocasión lo llama soldado famoso, testigo fidedigno, "hombre de mucha verdad" (*Historia General* IV, 39). En la batalla de Huarina, Gonzalo Pizarro le hirió malamente el caballo "con un desenfado y una desenvoltura como si estuviese en un juego de cañas" (*Historia General* V, 19). Fue, no cabe duda, gran aficionado a los caballos, y en España, viejo e inválido —esa pierna que nunca sanó del todo—, se acordaba con cariño de los muchos y excelentes que tuvo. Tal vez si su mejor rasgo sea la capacidad de pensar en sus enemigos sin rencor y hasta de repetir anécdotas que los enaltecen (por ejemplo, en *Historia General* v, 25)

La verdad es que Gonzalo Silvestre no fue para Garcilaso una fuente muy rica ni muy exacta. Recordaba o creía recordar con nitidez sus hazañas, no el extraño país que recorrió, donde nunca antes habían llegado europeos. Los datos geográficos de *La Florida* son muy imprecisos. Garcilaso se disculpa de ello en varias oportunidades, aduciendo que lo duro de la campaña impidió a los españoles levantar cartas de los territorios que atravesaban: "Y aun ha sido mucho sacar en limpio esto poco, al cabo de tantos años que ha que pasó y por gente que su fin no era andar demarcando la tierra, aunque la andaban descubriendo, sino buscar oro y plata. Por lo cual se me podrá admitir en este lugar el descargo que en otros he dado de las faltas que esta historia lleva en lo que toca a la cosmografía, que yo quisiera haberla escrito muy cumplidamente para dar mayor y mejor noticia de aquella tierra" (VI, 9; otro texto semejante en II, 1, 12). También el paisaje es algo borroso, porque Garcilaso no lo conocía y Silvestre no supo verlo. La diferencia con los *Comentarios Reales* es muy clara; en ellos, una frase, un adjetivo, bastan para ponernos un lugar ante los ojos; en *La Florida* las descripciones están construidas con términos generales, aunque las defiende la elegancia del gran escritor: "Al fin de los tres días paró el ejército en un muy hermoso sitio de tierra fresca de mucha arboleda de morales y otros árboles fructíferos cargados de fruta" (III, 9).

Silvestre no parece haberse interesado mucho por las culturas indígenas que encontraron los conquistadores. Todos eran indios, con pocas diferencias entre sí, "de donde, visto un pueblo, los habremos visto casi todos y no será menester pintarlos en particular" (II, 1, 30). Es verdad que, contra la opinión de quienes juzgaban a los indios "poco más que bestias", se insiste en que eran capaces de valor e inteligencia, y aun en grado tan extraordinario que Garcilaso dedica todo un capítulo (II, 1, 27) a asegurar que no inventa nada y que los indios son capaces de llegar a tales alturas. Los testimonios de Silvestre interesaron sin duda a Garcilaso, quien se preparaba a escribir su obra sobre el Perú y debía temer que sus elogios de los incas pasaran por una exageración: las maravillas de los naturales de Norteamérica le servirían de confirmación anticipada. Por desgracia, no es mucho lo que podía comunicarle Silvestre, que no tenía las dotes de un Cieza ni mucho menos; para él los indios fueron adversarios en el campo, y sobre esto sí podía contar infinitas historias, o bien siervos silenciosos. El Inca quien, como se advierte en los *Comentarios Reales,* era por vocación un historiador de la cultura, debió hacer muchas preguntas que Silvestre no atinó a responderle y, al cabo, no consiguió presentar en *La Florida* una exposición minuciosa de usos e instituciones. Un breve capítulo acerca de las costumbres y armas de los naturales (I, 4), una nota sobre el castigo impuesto a las adúlteras (III, 34), otro sobre las supersticiones (V, 2), unas cuantas observaciones al pasar y no mucho más.

Aurelio Miró Quesada ha señalado, con todo acierto, la importancia de los elementos novelescos en *La Florida.* Uno de estos elementos, lo fantástico, parece hallarse en relación directa con el testimonio de Gonzalo Silvestre. Citemos por ejemplo el caso del indio al que no le entraban lanzazos: "Los castellanos y su capitán, no pudiendo sufrir ya tanta desvergüenza, le dieron tantas cuchilladas y lanzadas que lo dejaron por muerto; aunque se notó una cosa extraña, y fue que las espadas y hierros de las lanzas entraban y cortaban en él tan poco que parecía encantado, que muchas cuchilladas hubo que no le hicieron más herida que el verdugón que suele hacer una vara de membrillo o de acebuche cuando dan con ella" (II, 2, 5). El prodigio ocurrió en presencia de un pequeño destacamento de españoles entre los cuales se hallaba, justamente, Gonzalo Silvestre. O bien la hazaña, digna de una novela de caballerías, en la que acaba un duelo: "apartando la hacha con la rodela, metió la espada por debajo de ella y, de revés, le dio una cuchillada por la cintura que, por la poca o ninguna resistencia de armas ni de vestidos que el indio llevaba, ni aun de hueso, que por aquella parte del cuerpo tenga, y también por el buen brazo del español, se la [¿partió?] toda con tanta velocidad y buen cortar de la espada que, después de haber ella pasado, quedó el indio en pie y dijo al español: 'Quédate en paz'. Y dichas estas palabras, cayó muerto en dos medios" (IV, 14). La estocada es increíble, la despedida lo increíble compuesto. Miró Quesada piensa que Garcilaso escribió esas frases "en pleno arrebato novelesco". Lo curioso es que el español que asestó el golpe descomunal, y a quien el indio saludó con tanta cortesía, no es otro que Gonzalo Silvestre.

Ya se advierte dónde quiero llegar. Creo que lo fantástico de *La Florida* no proviene de la imaginación de Garcilaso sino de la frágil memoria de Gonzalo Silvestre, que tendía a adornar el pasado y engrandecer sus propias hazañas. Silvestre contó esos detalles extraordinarios y Garcilaso recogió respetuosamente la versión que había escuchado, sin quitar ni poner nada. No podía hacer otra cosa. Él mismo ha contado cómo solían trabajar en colaboración: "yo escribo de relación ajena, de quien lo vio y manejó personalmente. El cual quiso ser tan fiel en su relación que, capítulo por capítulo, como se iban escribiendo, los iba corrigiendo, quitando o añadiendo lo que faltaba o sobraba de lo que él había dicho, que ni una palabra ajena por otra de las suyas nunca las consintió, de manera que yo no puse más de la pluma, como escribiente. Por lo cual, con verdad podré negar que sea ficción mía, porque toda mi vida —sacada la buena poesía— fui enemigo de ficciones como son libros de caballerías y otros semejantes" (II, 1, 27). En otras palabras, Silvestre tenía cierto control sobre el texto y es explicable que Garcilaso no pudiera omitir sus proezas, por increíbles que fueran. Ese indio partido en dos mitades que se despide es ficción, ficción ingenuamente interesada, del conquistador y no de su cronista. La hipótesis parece confirmarse si se repara en que el ánimo crítico reaparece cuando no se trata de Silvestre. En una oportunidad los españoles dejaron que se les fuese de las manos Capasi, el cacique de Apalache, quien se fugó de noche y a gatas, pues por la excesiva gordura y otros achaques no podía caminar. Al regresar De Soto, que se hallaba ausente, los soldados juraron que esa noche habían sentido cosas extrañísimas y que el cacique debía haber huido por los aires, llevado por los diablos. Como no había remedio, el gobernador respondió que los indios eran tan hechiceros que podían hacer eso y mucho más, y fingió aceptar las explicaciones de sus hombres, que Garcilaso califica de "mil fábulas en descargo de su descuido y en abono de su honra" (II, 2, 12). En esa oportunidad Gonzalo Silvestre se encontraba en otra parte; Garcilaso, que otras veces acepta con aparente ingenuidad versiones fantásticas, puede desbaratarlas aquí con entera libertad sin contradecir a su amigo. Lo maravilloso podía estar en la imaginación del Inca pero en este libro es mucho lo que debe a Silvestre.

Más importante es otro aspecto de lo novelesco que parece propio de Garcilaso, pues no se trata de los hechos que le comunicó Silvestre sino de su interpretación. Pensamos sobre todo en el relieve psicológico de algunos personajes. Garcilaso pasa a veces del punto de vista del historiador al del novelista, trata a los personajes no sólo en sus actos, que los demás podían observar, sino en su interioridad. Cuenta, por ejemplo, los sueños y deseos que tenía el cacique Vitachuco sin comunicarlos a nadie: "Ya le parecía verse adorar de las naciones comarcanas y de todo aquel gran reino por los haber libertado y conservado sus vidas y haciendas; imaginaba ya oír los loores y alabanzas que los indios, por hecho tan famoso, con grandes aclamaciones le habían de dar. Fantaseaba los cantares que las mujeres y niños en sus corros, bailando delante de él, habían de cantar, compuestos en loor y memoria de sus proezas, cosa muy usada entre aquellos indios" (II, 1, 23). Es claro que no disponía de la menor prueba para estas suposiciones; estamos en la técnica del novelista que redondea a sus personajes desde dentro.

Cabe citar otro ejemplo, de mayor alcance porque ilustra al mismo tiempo la visión que el Inca Garcilaso tenía de la historia: según *La Florida,* el factor decisivo en el fracaso de la expedición española fue de orden psicológico. El lector moderno, que encuentra fácilmente otras causas, tiende a dudar de esta explicación. De Soto, veterano de la Conquista del Perú, parece empeñado en descubrir otro imperio como el de los Incas, en el que habría riquezas al alcance de la mano y una población disciplinada, fácil de explotar si se lograba abatir a sus reyes. Si lo creía, y es probable, la expedición se hallaba en grave peligro antes de empezar, por más que, con mil hombres, trescientos caballos y muchas armas y pertrechos, fuese la más fuerte de todas las emprendidas hasta entonces en América. Los españoles recorrieron distancias enormes, enviando a cada paso exploradores en busca del oro que no aparecía, resistiendo los ataques de los indios que los iban desgastando. De Soto no tenía otro plan que no fuese encontrar oro y plata; no se asentó sino para pasar los inviernos, pensaba vagamente en "poblar" pero lo dejaba siempre para más adelante; ni siquiera se ocupó, como lo señala Garcilaso varias veces, en evangelizar a los naturales, aunque llevaba consigo gente de religión. Así lo sorprendió la muerte y poco después sus compañeros no querían otra cosa que volverse cuanto antes y abandonar la empresa. La falta de plan es fundamental pero descubrimos también serios errores de organización. Los españoles llevaban consigo un cañón, que fue más que nada un estorbo y acabaron por dejar con un cacique amigo; en cambio, sólo después de la batalla de Mauvila cayeron en la cuenta de que en todo el ejercito sólo contaban con un cirujano "y ése no tan hábil y diligente como fuera menester, antes torpe y casi inútil" (III, 29), por lo que murieron muchos de los heridos. En fin, De Soto descuidó sus líneas de aprovisionamiento y, aunque envío unos cuantos hombres a Cuba con ánimo de encontrarse con ellos en la costa, no acudió a la cita y, al final, los sobrevivientes de la expedición llegarían a México casi desnudos. En suma, los españoles vagaron por todo el sudoeste del continente norteamericano, buscando un imperio que no existía, hasta que los deshicieron la ancha tierra y sus habitantes, y el fracaso nos parece ahora poco menos que inevitable. Garcilaso prefiere una explicación más acorde con su idea de la historia, una explicación que también es novelesca, interior, personal: la desmoralización de De Soto.

Garcilaso ve a De Soto como un jefe sin tacha, un hombre prudente que procura ganarse cuando es posible la amistad de los naturales y reprime los abusos pero que, a la hora de pelear, es un gran guerrero, "que, de cuatro lanzas, las mejores que a las Indias Occidentales hayan pasado o pasen, fue la suya una de ellas" (I, 1, 24). Su principal defecto es que, por ser el primero en alarmas y combates, se arriesga demasiado y su ejército corre peligro de quedarse sin cabeza en cualquier momento. "No deben ser los caudillos tan arriscados" comenta Garcilaso (*ibid.*). De Soto acaba por revelar una grave debilidad: desfallece cuando siente que le falta el apoyo incondicional de sus hombres. Una vez librada la batalla de Mauvila, algunos soldados, hartos de tantos sufrimientos, quieren abandonar la expedición y sus protestas y murmuraciones llegan a oídos del jefe. El Inca marca aquí el momento central de la gran aventura, la falta irreparable que determina el desastre:

> Éste fue el primer principio y la causa principal de perderse este caballero y todo su ejército. Y, desde aquel día, como hombre descontento a quien los suyos mesmos habían falsado las esperanzas y cortado el camino a sus buenos deseos y borrado la traza que para poblar y perpetuar la tierra tenía hecha, nunca más acertó a hacer cosa que bien le estuviese, ni se cree que la pretendiese, antes, instigado del desdén, anduvo de allí adelante gastando el tiempo y la vida sin fructo alguno, caminando siempre de unas partes a otras sin orden ni concierto, como hombre aburrido de la vida, deseando se le acabase, hasta que falleció según veremos adelante. Perdió su contento y esperanzas y, para sus descendientes y sucesores, perdió lo que en aquella conquista había trabajado y la hacienda que en ella había empleado; causó que se perdiesen todos los que con él habían ido a ganar aquella tierra (III, 33).

No importa que De Soto no haya informado a nadie de su estado de ánimo y que, por consiguiente, sea difícil o imposible conocerlo, ni tampoco que los hechos no se acuerden con la interpretación, pues revelan los mismos errores, la misma falta de plan, antes y después de Mauvila. Lo que nos interesa señalar es que pasamos del relato exterior al psicológico, de las hazañas al espíritu del héroe que, para Garcilaso, es en gran medida el lugar donde se hace la historia. Garcilaso cree que los jefes han de ser prudentes y valerosos, como lo era De Soto, y que sus hombres les deben —les va en ello el honor— lealtad incondicional hasta la muerte. En otros capítulos ha señalado y comentado varios ejemplos de esta lealtad entre los indios, que contrastan con la falta de fe demostrada por los españoles. De Soto no es capaz de sobreponerse al desánimo cuando se siente abandonado, como lo consiguieron hacer Cortés o Pizarro en ocasiones semejantes, se derrota a sí mismo y pierde a los demás. Todo es coherente dentro de una visión heroica de la historia. El recurso novelesco es útil y hasta necesario, porque nos permite entrar en el alma del protagonista, es decir, en el centro mismo de la acción histórica.

No puede decirse lo mismo de los discursos que, a la manera de los historiadores clásicos y de algunos cronistas de América, pone Garcilaso en boca de sus personajes. La impresión de irrealidad es total cuando se trata de indios. Aun sabiendo que este recurso retórico es frecuente cuando escribe Garcilaso —el hidalgo de Elvas también abusa de él en su *Relación verdadera*— es difícil no sonreír cuando Garcilaso reitera una y otra vez —no debía sentirse muy seguro— la veracidad fundamental de sus versiones. Imposible creer que Silvestre recordara con tan asombrosa exactitud el contenido, ni mucho menos las palabras textuales, de tantas conversaciones y embajadas, en muchas de las cuales ni siquiera estuvo presente; lo más probable es que, sobre el terreno, nadie sacara gran cosa en limpio de diálogos sostenidos entre interlocutores tan distantes, que además solían efectuarse a través de uno o varios intérpretes. Por más que sepamos que el artificio consiste en dar forma noble a ideas que se expresaron con más torpeza, esos guerreros americanos que se presentan con exquisita cortesía, y pronuncian discursos en estilo sutil y complicado, resultan increíbles desde el momento en que abren la boca. Luego caemos en la cuenta de que hay algo más grave, que el autor no se ha limitado a mejorarles la gramática. Los indios son en realidad españoles disfrazados; no sólo su estilo sino todas sus ideas son europeas. Cabe suponer que Garcilaso habla por ellos y los hace exponer sus propias opiniones sobre el honor, la fama, la lealtad, el valor, la religión natural, tal vez las injusticias de la conquista. Oigamos a los "mozos de poca edad", capturados después de mucho resistir, en cuyas palabras se descubre la imagen que Garcilaso tenía no de los indígenas norteamericanos sino de los Incas y su sentido aristocrático del deber: "Éstas fueron las causas, invencible capitán, de habernos hallado en esta empresa, y también lo han sido la rebeldía y pertinacia que dices hemos tenido, si así se puede llamar el deseo de la honra y fama y el cumplimiento de nuestra obligación y deuda natural, la cual, conforme a la mayor calidad y estado, es mayor en los príncipes, señores y caballeros, que en la gente común" (II, 1, 26). 0 bien a Anilco, que habla como un hidalgo orgulloso de su ascendencia: "A lo que decís que soy de vil y bajo linaje, bien sabéis que no dijisteis verdad que, aunque mi padre y mi abuelo no fueron señores de vasallos, lo fue mi bisabuelo, y todos sus antepasados, cuya nobleza hasta mi persona se ha conservado sin haberse estragado en cosa alguna, de suerte que, en cuanto a la calidad y linaje, soy tan bueno como vos y como todos cuantos señores de vasallos sois en toda la comarca" (V, 2, 10).

José Durand lo ha dicho muy bien: el Inca Garcilaso es un historiador apasionado. Por lo demás, casi todos los cronistas de América lo son, de una u otra manera, y entre las primeras tareas del lector está corregir las deformaciones que entraña un determinado punto de vista. En el caso de Garcilaso el apasionamiento, patente cuando se trata del Perú, se advierte también en *La Florida*. A pesar de sus protestas Garcilaso no es un historiador objetivo, lo cual no quiere decir, por supuesto, que falte deliberadamente a la verdad. Su personalidad impregna lo que toca. Hemos aludido antes a su presentación de los indios norteamericanos. Los conquistadores pueden desdeñar a los indios pero Garcilaso, por el contrario, los ve a través de sus recuerdos de los peruanos y enaltece su figura, tal vez para preparar el camino a su defensa de los incas; para ello no es necesario que deforme el testimonio de Silvestre pues le basta con destacar los elementos que corroboran su propia visión. El punto de vista apasionadamente personal de Garcilaso se nota sobre todo en su idea de la Conquista. Como es natural, lo primero que encontramos en *La Florida* es la interpretación oficial: la Conquista de América se justifica, si es necesario justificarla, por la evangelización de los indígenas y el engrandecimiento de España. Uno de los fines declarados del libro es animar a los españoles a que ganen todo el continente norteamericano antes de que lleguen otras potencias. Sin embargo se esbozan también, junto a muchos elogios, algunas críticas a De Soto y los suyos. En primer lugar, el desmedido afán de riquezas los hizo olvidar su misión religiosa, y quizá atrajo sobre ellos el castigo divino: "que cierto se perdieron ocasiones muy dispuestas de ser predicado y recibido el evangelio y no se espanten que se pierdan los que las pierden" (II, 2, 16). Los españoles no supieron aprovechar las posibilidades de colonización, pues aunque no encontrasen oro y plata —que sin duda se hallarán más adelante— Garcilaso insiste en que la tierra era fértil y digna de poblarse. Por desgracia, el hambre de riquezas, que es "insaciable" como dice desde un principio (I, 5), hizo que los conquistadores descuidaran los fines de la expedición y alteró profundamente su conducta. Un destacamento, enviado por De Soto, logra reunirse después de grandes trabajos con otros españoles: "Recibiéronlos con muchos abrazos y común regocijo de todos, y fue de notar que, a las primeras palabras que hablaron los que estaban, sin haber preguntado por la salud del ejército ni del gobernador ni de otro algún amigo particular, preguntaron casi todos a una, con grande ansia de saberlo, si había mucho oro en la tierra. La hambre y deseo de este metal muchas veces pospone y niega los parientes y amigos" (II, 2, 16).

Garcilaso narra en varias oportunidades las cobardías y abusos de los conquistadores. Esto puede cargarse a la cuenta de algunos soldados que estaban lejos de poseer las virtudes caballerescas de su capitán. Cabe recordar también otras anotaciones sobre lo que podría llamarse la técnica de la Conquista, no exenta de crueldad. Al producirse el levantamiento de Vitachuco, los españoles obligan a sus criados indígenas a participar en la matanza de los rebeldes, menos por necesidad que por aumentar su poder sobre ellos y comprometerlos, por que "metiesen prendas", como dice Garcilaso, que cuenta el hecho sin comentarlo: "Y para que los indios intérpretes, y otros que en el ejército había de servicio llevados de las provincias que atrás habían dejado, metiesen prendas y se enemistasen con los demás indios de la tierra y no osasen adelante huirse de los españoles, les mandaban que los flechasen y los ayudasen a matar y así lo hicieron" (II, 1, 29). Otro aspecto interesante es la crítica de la Conquista desde el punto de vista de los indios. El cacique Acuera responde al requerimiento de los españoles diciendo que "tenía larga noticia de quién ellos eran y sabía muy bien su vida y costumbres, que era tener por oficio andar vagamundos de tierra en tierra viviendo de robar y saquear y matar a los que no les habían hecho ofensa alguna [...] Y a los que decían de dar obediencia al rey de España, respondía que el era rey en su tierra y que no tenía necesidad de hacerse vasallo de otro quien tantos tenía como él; que por muy viles y apocados tenía a los que se metían debajo de yugo ajeno pudiendo vivir libres" (II, 1, 16). El cacique Vitachuco contesta a sus propios hermanos, que lo invitan a la amistad con De Soto:

> ¿No miráis que estos cristianos no pueden ser mejores que los pasados, que tantas crueldades hicieron en esta tierra, pues son de una misma nación y ley? ¿No advertís en sus traiciones y ale-

> vosías? Si vosotros fuérades hombres de buen juicio, viérades que su misma vida y obras muestran ser hijos del diablo y no del Sol y Luna, nuestros dioses, pues andan de tierra en tierra, matando y robando y saqueando cuanto hallan, tomando mujeres y hijas ajenas, sin traer de las suyas. Y para poblar y hacer asiento no se contentan de tierra alguna de cuantas ven y huellan, por que tienen por deleite andar vagamundos, manteniéndose del trabajo y sudor ajeno. Si, como decís, fueran virtuosos, no salieran de sus tierras, que en ellas pudieran usar de su virtud sembrando, plantando y criando para sustentar la vida sin perjuicio ajeno e infamia propia, pues andan hechos salteadores, adúlteros, homicidas, sin vergüenza de los hombres ni temor de algún Dios" (II, 1, 21).

Imposible saber si en estas palabras Garcilaso cree reproducir lo que dijeron los caciques, si su talento de novelista lo lleva a completar sus personajes con las ideas que podían haber tenido o si, en fin, una parte de su conciencia habla libremente, protegida por una máscara.

Tan sólo una parte de su conciencia, pues sería apresurado decir que el Inca Garcilaso, aunque de manera encubierta, es un enemigo de la Conquista, ni tampoco que está en favor de ella. Garcilaso es sutil y secreto, su visión más compleja y profunda que la de muchos cronistas que toman partido ingenuamente. Su juicio está matizado de reservas que tienen una raíz personal. De una parte, el lado de la madre lo llevará siempre a la defensa y exaltación de los vencidos; de otro, la figura ideal del conquistador tendrá siempre el rostro del padre. *La Florida* es un libro dedicado a la aventura de los españoles, en el cual no se podía tratar el mundo de los indígenas norteamericanos del que Garcilaso poseía escasas noticias. Españoles e indios combaten, por supuesto, pero quizá no hay, en el espíritu del Inca, una clara oposición entre ellos. En cambio, en la *Historia General,* Garcilaso, por adhesión al padre, se pone siempre del lado de los conquistadores frente a los españoles que llegaron más tarde para aprovecharse de los esfuerzos ajenos y cuyos intereses coincidían con los del Estado colonial que empezaba a establecerse. Los aventureros de la primera hora, esos conquistadores triunfantes y establecidos a quienes habían tocado tierras, riquezas y siervos en los repartos, y a quienes en la *Historia General* Garcilaso llama *vecinos* (entre ellos figura, por supuesto, su padre), querían disfrutar tranquilamente de los frutos de su valor y su buena fortuna, sin autoridades que limitasen su poder ni leyes dictadas en una metrópoli que no los comprendía. En la expedición de De Soto, que fue más un descubrimiento que una verdadera conquista, no cabe una oposición entre conquistadores y autoridades coloniales. La oposición surge, a pesar de todo, detrás de otra, entre los conquistadores y los españoles que se quedaron en España, que muchas veces ignoraban los sufrimientos de quienes ganaron las Indias o hacían muy poco caso de ellos, y también, aunque parezca extraño, entre los conquistadores y quienes más tarde, durante la Colonia, habrían de disfrutar de lo que otros habían ganado. Garcilaso escribe sobre la Florida y está pensando en el Perú, en los servicios de su padre, en sus propias esperanzas defraudadas; en el texto siguiente el trasfondo es claro, puesto que De Soto fracasó en su empresa y los españoles no gozaban de los territorios norteamericanos como de los del Perú y otras colonias: "Por esto poco que hemos contado que pasaron en esta breve jornada, se podrá considerar y ver lo que los demás españoles habrán pasado en conquistar y ganar un nuevo mundo, tan grande y áspero como lo es de suyo, sin la ferocidad de sus moradores, y, por el dedo del gigante, se podrá sacar el grandor de su cuerpo, aunque ya en estos días los que no [lo] han visto, como gozan a manos enjutas del trabajo de los que lo ganaron, hacen burla de ellos, entendiendo que con el descanso que ellos agora lo gozan, con ése lo ganaron los conquistadores" (II, 2, 16). Garcilaso quiere recordar el heroísmo de De Soto y sus compañeros, pero esos méritos sin recompensa son también los de los conquistadores del Perú: "Con estos trabajos, y otros semejantes, no comiendo mazapanes y roscas de Utrera, se ganó el nuevo mundo, de donde traen a España cada año más de doce y trece millones de oro y plata y piedras preciosas, por lo cual me precio mucho de ser hijo de conquistador del Perú, de cuyas armas y trabajos ha redundado tanta honra y provecho a España" (III, 8). Aquí asoma sin disimulo la nota personal. Más aún: los méritos de su padre, cuyo premio debía corresponderle a él por herencia, no le han sido de ningún provecho. Véase la profesión de desengaño en el Proemio: "que muchos días ha desconfié de las pretensiones y despedí las esperanzas por la contradicción de mi fortuna", o esta otra queja discreta en la que se asocia directamente a los conquistadores: "los innumerables y nunca jamás bien ni aun medianamente encarecidos trabajos que los españoles en el descubrimiento, conquista y población del nuevo mundo han padecido tan sin provecho de ellos ni de sus hijos, que por ser yo uno de ellos, podré testificar bien esto" (V, 2, 14). Ya se ve como la historia que escribe Garcilaso, aun en *La Florida*, que por el tema se diría lejos de su experiencia o sus intereses, es muchas veces personal y autobiográfica; ésta es la clave para entenderlo cuando hace una observación al parecer anodina como "de las buenas obras ya recibidas pocos son los que se acuerdan para las agradecer" (II, 2, 15), y acaso hasta cuando se lamenta: "A los príncipes y poderosos que son tiranos, cuando con razón o sin ella se dan por ofendidos, suelen pocas veces, o ninguna, corresponder con la reconciliación y perdón que los tales merecen, antes parece que se ofenden más y más de que porfíen en su virtud" (II, I, 14).

Para terminar, algunas observaciones sobre la voluntad de estilo de Garcilaso. Como en todo gran escritor, su habilidad no es del todo consciente. Lo de menos son esas observaciones algo ingenuas sobre la composición, que sin embargo revelan su propósito artístico. En el Proemio de *La Florida* explica, por ejemplo, que dividió el segundo libro en dos partes "porque no fuese tan largo que cansase la vista, que, como en aquel año acaecieron más cosas que contar que en cada uno de los otros, me pareció dividirlo en dos partes, porque cada parte se proporcionase con los otros libros y los sucesos de un año hiciesen un libro entero"; o bien acaba un capítulo diciendo: "Y porque el capítulo no salga de la proporción de los demás, diremos en el siguiente lo que resta" (3, 16). Valen más ciertos detalles de técnica narrativa que trataremos muy brevemente. Las anécdotas, por ejemplo, que pueden ser mala historia pero son buena literatura, que crean un ambiente, aligeran la narración y hacen más fácil la lectura. No es de extrañar que Ventura García Calderón y Julia Fitzmaurice Kelly hayan recogido en antologías las anécdotas de *La Florida*. En ellas tenemos a los conquistadores vistos por sí mismos y comentados por Garcilaso, que disfrutaba contando esos lances y nos comunica su placer. Gonzalo Silvestre debió proporcionarle los materiales pero el arte está, por supuesto, en la manera de contar. Para dar una idea clara de ellas será mejor citar por lo menos una íntegramente:

> Dos días después sucedió que, caminando el ejército por el mismo despoblado, al medio de la jornada y del día, cuando el sol muestra sus mayores fuerzas, un soldado infante natural de Alburquerque llamado Juan Terrón, en quien se apropriaba bien el nombre, se llegó a otro soldado de a caballo, que era su amigo, y sacando de unas alforjas una taleguilla de lienzo en que llevaba más de seis libras de perlas, le dijo: "Tomaos estas perlas y lleváoslas, que yo no las quiero". El de a caballo respondió: "Mejor serán para vos que las habéis menester más que yo y podréislas enviar a La Habana para que os traigan tres o cuatro caballos y yeguas porque no andéis a pie, que el gobernador, según se dice, quiere enviar presto mensajeros a aquella tierra con nuevas de lo que hemos descubierto en ésta". Juan Terrón, enfadado de que su amigo no quisiese aceptar el presente que le hacía, dijo: "Pues vos no las queréis, voto a tal que tampoco han de ir conmigo, sino que se han de quedar aquí". Diciendo esto, y habiendo desatado la taleguilla, y tomándola por el suelo, de una braceada, como quien siembra, derramó por el monte y herbazal todas las perlas por no llevarlas a cuestas, con ser un hombre tan robusto y fuerte que llevara poco menos carga que una acémila. Lo cual hecho, volvió la taleguilla a las alforjas, como si valiera más que las perlas, y dejó admirados a su amigo y a todos los demás que vieron el disparate. Los cuales no imaginaron que tal hiciera, porque, a sospecharlo, todavía se lo estorbaran, porque las per-

las valían en España más de seis mil ducados, porque eran todas gruesas del tamaño de avellanas y de garbanzos gordos y estaban por horadar, que era lo que más se estimaba en ellas, porque tenían su color perfecto y no estaban ahumadas como las que se hallaron horadadas. Hasta treinta de ellas volvieron a recoger rebuscándolas entre las yerbas y matas y, viéndolas tan buenas, se dolieron mucho más de la perdición hecha, y levantaron un refrán común que entre ellos se usaba, que decían: "No son perlas para Juan Terrón". El cual nunca quiso decir donde las hubo y, como los de su camarada se burlasen con él muchas veces después del daño y le motejasen de la locura que había hecho, que conformaba con la rusticidad de su nombre, les dijo un día que se vio muy apretado: "Por amor de Dios, que no me lo mentéis más porque os certifico que todas las veces que se me acuerda de la necedad que hice me dan deseos de ahorcarme de un árbol". Tales son los que la prodigalidad incita a sus siervos, que, después de haberles hecho derramar en vanidad sus haciendas, les provoca a desesperaciones. La liberalidad, como virtud tan excelente, recrea con gran suavidad a los que la abrazan y usan de ella" (III, 20).

Apenas si es necesario subrayar la economía con que procede Garcilaso: nos dice el lugar y la hora, nos presenta, permitiéndose una suave ironía, a Juan Terrón "en quien se apropiaba bien el nombre" y antes de que termine la primera oración ya estamos a la mitad de la anécdota y el soldado ha ofrecido las perlas a un amigo. Después del diálogo se demora el ritmo en una imagen espléndida en que se fija plásticamente el movimiento: "de una braceada, como quien siembra, derramó por el monte y herbazal todas las perlas". Sólo entonces se acumulan los detalles: se describen las perlas, que valían una fortuna; Terrón hubiera podido cargar con ellas pues era fuerte como una acémila y, sobre todo, el pequeño detalle bien observado o imaginado que da un tono de veracidad al suceso: el hecho de guardar la taleguilla de lienzo una vez arrojadas las perlas. Los compañeros recogen las que pueden, se burlan de la locura, inventan un refrán. Garcilaso está preparando el remate de la anécdota: Juan Terrón se ha arrepentido de su cólera, de su excesivo afán estético —porque el gesto no parece de prodigalidad, como luego se dice, sino un puro ademán estético, un desplante— y cada vez que se acuerda siente ganas de ahorcarse. Tal vez sería mejor que el cuento terminase aquí, pero todavía hay dos o tres frases más, la crítica o moraleja, casi medieval.

Las anécdotas pueden ser una buena introducción a *La Florida,* pero quien no pase de ellas perderá mucho. Como todos los grandes escritores, el Inca Garcilaso justifica y aun exige no una sino varias lecturas. Podemos elegir una página entre muchas, en la que se relata un día cualquiera de la expedición:

> Los indios, que por las dos leguas de tierra limpia y rasa no habían osado esperar a los españoles, luego que los vieron entre los sembrados, revolviendo sobre ellos y encubriéndose con los maizales, les echaron muchas flechas acometiéndolos por todas partes sin perder tiempo, lugar y ocasión, doquiera que se les ofrecía, para les poder hacer daño, con lo cual hirieron muchos castellanos. Mas tampoco se iban los indios alabando, porque los cristianos, reconociendo la desvergüenza y el coraje rabioso que los infieles traían por los matar o herir, en topándolos al descubierto, los alanceaban sin perdonar alguno, que muy pocos tomaron a prisión. Así anduvo el juego riguroso en las cuatro leguas de los sembrados, con pérdida, ya de unos, ya de otros, como siempre suele acaecer en la guerra. Del pueblo de Vitachuco al de Osachile, hay diez leguas de tierra llana y apacible" (II, 1, 30).

¿Por qué es eficaz este párrafo? En una primera lectura salta a la vista la limpieza del vocabulario o el ritmo grave y vario que encontramos siempre en la prosa de Garcilaso. Podemos anotar las parejas de adjetivos, verbos o nombres (tierra limpia y rasa, revolviendo sobre ellos y encubriéndose, desvergüenza y coraje) cortadas sabiamente por un grupo trimembre (tiempo, lugar y ocasión) pero estas observaciones no pasan de ser el punto de partida para una posible interpretación. Se trata de recursos retóricos, aunque de buena retórica, no son simples artificios sino que están cargados de sentido. La adjetivación es sencilla, límpida, sólo el juego *riguroso* tiene algo de insólito. En el comentario un poco triste "como siempre suele acaecer en la guerra" parece establecerse un contacto entre el autor y el lector en torno a un conocimiento que comparten. Hasta aquí el párrafo es excelente, pero ahora se vuelve algo más, el estilo se pone al servicio de una visión original. Cambia el ritmo con una simple oración declarativa que no tiene, a primera vista, relación directa con lo anterior: "Del pueblo de Vitachuco al de Osachile, hay diez leguas de tierra llana y apacible". Después de las imágenes de la guerra, la súbita presencia de la naturaleza, que vale más que todos los horrores; lo quieto, lo permanente de esa tierra llana y apacible, que es como un eco irónico de la tierra limpia y rasa con que se inicia el texto; un tono suave tras las frases acezantes que describían el combate, una coda sorprendente y natural, escrita sin mayor deliberación por el Inca Garcilaso, ese hombre de libros a quien la violencia debía fascinar.

EL LUNAREJO

JUAN DE ESPINOSA MEDRANO, a quien llamaron el Lunarejo por una marca que tenía en la cara, nació en Calcauso, provincia de Aymaraes en 1629 (o 1632, según la historia de la literatura peruana que se consulte). Un clérigo lo encontró sirviendo como monaguillo en Mollebamba y lo llevó al Cuzco, donde estudió en el Seminario de San Antonio Abad, gracias a unas becas que se concedían a los hijos de indígenas. Se afirma que fue niño prodigio de la poesía, la retórica, la música y el latín y que a los dieciséis años pasó de alumno a maestro. El Lunarejo se graduó en la universidad cuzqueña de San Ignacio, recibió las órdenes, ganó fama de predicador y hombre de letras. Fue canónigo, tesorero del coro de la catedral, chantre; lo propusieron, sin éxito, para el arcedianato. Murió el 13 de noviembre de 1688 dejando su hacienda a los pobres. "Sus amigos lo estimaron afable y liberal; los extraños, cortés y atento" recuerda uno de su contemporáneos.

El Lunarejo predicó y escribió en español y en quechua. Sus traducciones quechuas de Virgilio no han llegado a nosotros, pero la noticia de que existieron basta para comprobar un esfuerzo por traer los clásicos al idioma de los indígenas peruanos y, al mismo tiempo, integrar el quechua en la tradición de la cultura occidental. Por desgracia, el intento no tuvo continuadores y la literatura quechua no llegó durante mucho tiempo a la escritura; los indios peruanos fueron los postergados de la Colonia (y de la República) y no tuvieron la posibilidad real de leer a Virgilio. Conocemos en cambio *El hijo pródigo*, auto sacramental escrito en quechua que debió representarse ante los indios. El Lunarejo recogió la historia bíblica en una pieza bien construida que, aun en la traducción española que conocemos (publicada por Ventura García Calderón en su Biblioteca de Cultura Peruana) tiene hermosos momentos de poesía. Cristiano, el hijo ingrato, abandona a su padre, Dios, se marcha en compañía de Cuerpo y Juventud, malos consejeros, y sucumbe a las tentaciones del Señor Mundo y la Dama Carne; cuando los falsos amigos lo arruinen volverá a su padre, que lo recibirá con los brazos abiertos. Es la triste teoría de la inutilidad de toda rebelión y toda aventura, de la necesaria renuncia a los placeres terrenales. Resulta difícil creer que, a mediados del siglo XVII, los indígenas peruanos estuviesen muy expuestos a los refinamientos nefandos del demonio y la carne, pero sin duda entenderían la lección de la obediencia a Dios y a sus emisarios españoles. Los sermones quechuas que pronunció el Lunarejo ante los explotados debieron tener un mensaje semejante y prometer, a cambio de la resignación, el reino de los cielos donde no hay servidumbre.

Por una deformación de lector moderno tendemos a leer *El hijo pródigo* sin hacer demasiado caso de las intenciones del autor. Como suele ocurrir cuando los libros píos describen el pecado para advertirnos contra sus peligros, atendemos más al placer que al arrepentimiento. En vez de meditar en las conclusiones de útil moralidad, nos detenemos, por ejemplo, en esta enumeración gozosa de un festín cuzqueño, que recuerda los altares barrocos americanos, adornados de los frutos de la tierra:

> Que venga primero el asado con jugo picante, tengo hambre [...] Yo digo, que vengan sopa y jugos, charqui, conchas y gelatina, maíz sancochado y ensalada, estofado, maíz dulce y habas, carne no nacida y legumbres, mazorcas, frijoles cocidos, chicha dulce, hongos, humitas y porotos, palta, ensalada de chichi, papas y frutas secas, chicha de maní, amarilla y blanca.

Por poco nos embarcaríamos en la identificación biográfica para afirmar que el Lunarejo podía predicar la austeridad pero era aficionado a la buena mesa. Puestos en este camino, que es el de la imaginación y no el de la crítica, habría que suponer que en los gustos eróticos su actitud fue más selectiva: “solamente las pequeñas merecen que se las mire. Las mujeres grandes me horripilan". Serían, en todo caso, las preferencias de quien no puede elegir; no los deseos de un amante sino de alguien obligado a quedarse en deseoso. Para el Lunarejo estaban prohibidos los placeres del amor pero la gracia de su expresión nos hace pensar que conocía sus angustias: "Cuando te veo mi corazón comienza a bailar, a saltar, a tropezar, a patalear; mi vientre sonríe suavemente si sólo te miro". Los votos eclesiásticos lo habían condenado a esa soledad, de la que parece vengarse cuando al final del auto sacramental, en una escena que debía ser de perdón y alegría, aparece el pobre Cuerpo, que antes dijera las frases tiernas que acabamos de citar, "el mortal Cuerpo, el miserable, el estúpido", atado a una cruz. Quizá las palabras más sinceras que escribió el Lunarejo fueron éstas, desesperadas y sencillas: "Florecitas mirad: aquí está un corazón solitario que debe ser tocado por el amor".

El Lunarejo escribió, además de muchas obras menores, un volumen latino de *Philosophia tomistica,* publicado en 1688, que según un panegirista fue muy celebrado en Roma, y un auto, *El rapto de Proserpina,* estrenado con éxito en Madrid y ahora no menos olvidado. La recopilación póstuma de sus sermones en español, *La novena maravilla* (Madrid, 1695) es uno de los libros más hermosos de la literatura colonial hispanoamericana y, de manera increíble, o por desgracia muy creíble, no se ha vuelto a publicar. Sin que esto sea dudar de la religión del Lunarejo, es claro que sus sermones brillan, tanto o más que la piedad, el lujo de las imágenes, la ostentación de su cultura clásica, la carga y el juego del barroco, mantenidos siempre por su talento y alegría de escritor. Pero el libro al que debe su fama es el *Apologético en favor de D. Luis de Góngora* (Lima, 1662).

En 1639 Manuel de Faria y Sousa, crítico y poeta portugués, publicó una edición comentada de *Os Luisiadas*. Debía ser de esos hombres pugnaces que tienen la admiración pendenciera; en las notas, además de elogiar a Camoens, arremetió contra los poetas que consideraba como sus posibles rivales. El Lunarejo recogió los ataques contra don Luis de Góngora y con sus respuestas o refutaciones escribió una defensa del poeta cordobés. Más mencionado y elogiado que leído, el *Apologético* es uno de los textos más prestigiosos de nuestra literatura colonial y (no siempre ocurre) merece su prestigio, aunque para el lector no familiarizado con los usos barrocos el encuentro puede resultar desconcertante. Conforme al gusto de la época, el Lunarejo abunda en alusiones eruditas, interrumpe a cada paso su exposición con citas latinas, apoya cada uno de sus argumentos en autoridades clásicas, se demora en imágenes o juegos conceptuales. El lector puede gustar o no de estos juegos, que el autor practica con maestría, pero le bastará un poco de atención para descubrir en el *Apologético* una visión crítica muy inteligente. El Lunarejo no piensa que los clásicos griegos y latinos sean modelos insuperables; Faria, en cambio, se escandalizaba de ciertas audacias de Góngora para las que no encontraba antecedentes. Góngora no sólo es comparable a Horacio o Virgilio, responde el Lunarejo, sino que a veces los supera. ¿Acaso su Polifemo no está más logrado que el de los antiguos? "Sólo éste parece que escribió el Polifemo, porque sólo en su estilo, llegó a ser Gigante aquel Cíclope". La literatura no es un museo intangible y terminado sino un acontecer en la historia, movido por los grandes creadores; el Lunarejo concede que Góngora no fue el primero en usar el hipérbaton en España, pues ya lo emplearon Juan de Mena y otros poetas, pero los intentos anteriores se hallaban condenados al fracaso porque la poesía —o el idioma— no estaban listos para la experiencia: el mérito corresponde a Góngora, "el que primero habilitó al Castellano a gozar con igualdad de sus colocaciones con el Latino. No inventó la tela pero sacó a luz el traje". No puede aspirar a más el poeta pues, como el Lunarejo explica a Faria que pedía "misterios" a la obra gongorina, la poesía secular, a diferencia de la sagrada, es pura forma y el alma poética "poco más que nada". Partiendo de esa base, que sin duda puede discutirse, el Lunarejo lleva a cabo un análisis impecable de los elementos formales de la poesía, con una lucidez rara en su tiempo. Dámaso Alonso, gran explorador de las selvas de los comentadores de Góngora, señala, por ejemplo, que el Lunarejo fue el único crítico del siglo XVII que advirtió el valor estilístico del hipérbaton.

Una de las características más notables del *Apologético* es la agresividad. El lector se pregunta en ocasiones si el propósito del libro no es tanto defender a Góngora cuanto abominar de Faria. El Lunarejo empieza con un saludo que es una recomendación de sí mismo: "Hombre de crédito es mi antagonista, que hace valioso el triunfo la valentía del enemigo". Una vez presentadas las armas pasa de inmediato al ataque: "Hay algunos hombres ignorantes; pero ni doctos; sino eruditos a lo Sátiro, medio necios y todo locos, que con arrojo (iba a decir desvergüenza) censuran, muerden y lastiman las venerables letras de los varones más insignes: canes llamó a éstos Gilberto Cognato". Se levanta el complicado edificio de un insulto erudito que se desplomará unos párrafos más adelante sobre el adversario: "No sé que Furia sea apoderó de Manuel Faria y Sousa para que de Comentador de Camoens se pasase a ladrador de Góngora". Luego el Lunarejo se dedicará a exhibir las muchas variedades de la violencia verbal. Figuran en el *Apologético* la censura académica ("Mala consecuencia y el antecedente fundado en ignorancia"); los guiños al lector ("¿Qué hombre cuerdo habrá que, depuesta la severidad, no se descomponga de risa oyendo tales disparates?"); la concesión desdeñosa ("Tiene gracia particular este hombre para sazonar jerigonzas [...] No se le puede negar la habilidad que Dios le dio para trasegar disparates"); el brusco coloquialismo exasperado ("¡Qué buenos cascos!"). Faria se vale de tretas tales como citar juntos versos espigados de la obra de Góngora, presentándolos como un solo poema incomprensible; el Lunarejo restituye el orden debido y comenta: "Descuido sería el dejarlo de advertir, más me es preciso mirarle las manos a la envidia". No es el único caso en que las pasiones del portugués aparecen en escena, pues en otro lugar: "Delira la envidia, titubea el odio, confunde contrariedades la iniquidad". Las simples prepotencias van junto a imágenes cultas; el Lunarejo califica los argumentos de su rival de "bufonerías" o "herejías de locos", o bien anuncia que "El Hacha de Hércules se echará de menos para confutar el error de Faria, de que tantas falsedades porfiadamente brotan".

A primera vista no es extraño que una de las muchas batallas en torno a Góngora se librase en una de las colonias españolas, pero vistas más de cerca las cosas no son tan sencillas. Se habla, por ejemplo, de una polémica en la que participó el Lunarejo pero, a decir verdad, no hubo tal polémica, o ya había terminado cuando el peruano intervino en ella. "Tarde parece que salgo a esta empresa: pero vivimos muy lejos los Criollos" dice el Lunarejo, con aire de disculparse, "además que cuando Manuel de Faria pronunció su censura, Góngora era muerto; y yo no había nacido". También pudo añadir que su libro se publicaba trece años después de muerto Faria. No cabe suponer, por otra parte, que Faria fuese un simple pretexto para defender a Góngora contra enemigos más cercanos que no se nombraba. Góngora era muy admirado en el Perú y, como puede apreciarse al leer las muchas censuras, aprobaciones y licencias que preceden al *Apologético,* todas ellas de gongorinos convictos y confesos, su causa estaba ganada de antemano.

Góngora no necesitaba defensores en el Perú; al escribir su libro, el Lunarejo se defendía a sí mismo. ¿Le hacía falta defenderse? No hay duda de que los éxitos que consiguió —el cargo eclesiástico en una diócesis provinciana, la fama local de predicador y hombre de letras, con tenue resonancia en España— no fue durante la Colonia nada común entre gente de su raza. Debía ese pequeño triunfo a su condición de hombre de Iglesia; sólo en la Iglesia se le presentaban posibilidades de estudiar, subir al púlpito, escribir libros. Al mismo tiempo, su nacimiento le fijaba ciertos límites que no era posible superar. A mediados del siglo XVI el Inca Garcilaso había viajado a Europa y entrado en contacto con las fuentes europeas; un siglo más tarde el Lunarejo no saldría del Perú, tal vez ni siquiera llegaría a Lima. Ésa fue su primera postergación: sentirse provinciano. En la dedicatoria del *Apologético* habla de "los que en tan remoto Hemisferio vivimos distantes del corazón de la Monarquía, poco alentados del calor preciso con que viven las letras y se animan los ingenios". Su obra, en la que apenas se hallan unas cuantas menciones del Perú, debía asimilarlo a Europa, al mundo de la cultura que conocía tan bien a través de los libros pero de cuya realidad se hallaba desterrado. "Predico en el Cuzco y no en Consistorio de Cardenales" comprueba con ironía o amargura en uno de sus sermones, recordando que no debe elevarse demasiado. Esta lejanía es propia de toda colonia y en el Perú persistirá durante mucho tiempo. Toda cultura colonial es, por naturaleza, periférica; la metrópoli, "el calor preciso" se encuentra en otro lugar, en el centro del mundo.

Los europeos podían elogiar tranquilamente a este predicador cobrizo: cualquiera de ellos tenía posibilidades que a él le estaban negadas. En la admiración benevolente que le concedieron se advierte el asombro de descubrir que también un americano puede dominar el juego delicado de la cultura. Hasta los nobles deben acudir temprano para encontrar sitio cuando predica el Lunarejo. Después de su muerte contarán una anécdota, quizá inventada. En medio de un sermón, una anciana trata de entrar al templo lleno de gente. "Señores", dice el Lunarejo, "den lugar a esa pobre india que es mi madre". No falta quien distingue en esas palabras a un hombre orgulloso de su origen; tal vez, pero entonces es curioso que no aluda a él en su obra escrita; hay ternura en ellas y quizá exasperación y desafío. El Lunarejo sabía que la profesión eclesiástica lo había puesto del lado de los vencedores. Era imposible que asumiese plena y conscientemente su condición de hijo de india, que pusiera en tela de juicio el derecho de los colonialistas, que pensara en el Perú como algo distinto de España. El Lunarejo encontró la manera de superar la humillación y en su respuesta está la clave de su obra. Le fue necesario encontrarla pues, aunque más afortunado que los indios a quienes aconsejaba la resignación, no sabía resignarse. "El apetito de la propia excelencia no es reprensible", había dicho en un sermón, "errar los medios de entronizarla suele ser culpa. Quien no se alienta a mejorar de estado, por ilustre que lo goce, no parece que tenga entendimiento".

La literatura —su vocación, su verdadero oficio— le ofreció la solución. El culteranismo había sido adoptado en el Perú con fervor imitativo colonial. Esa retórica se acordaba con el formalismo de la sociedad peruana del siglo XVII; el universo verbal gongorino era un paisaje preferible a la naturaleza americana, demasiado inmediata y hostil; los ejercicios de estilo se convertían en un medio de aproximarse a España e integrarse a ella. Para el Lunarejo lo culterano entrañaba otra ventaja, decisiva. La nueva escuela tendía a confundir la cultura con la erudición; "culto" era quien, como él, disponía de un arsenal de citas de autores clásicos. Una división de los hombres entre "cultos" y "legos" se había hecho famosa y, repetida por el Lunarejo, que sabía muy bien entre quienes estaba, la calificación de los méritos intelectuales trascendía la literatura. Al aceptarla, se volvía superior a todos los legos, indios o españoles, y se igualaba a los mejores europeos. La postergación colonial queda superada, pues sólo admitirá superioridad en el terreno de la cultura en que se siente seguro. "Si eres lego", dice en el *Apologético,* "te ahorro el que me aplaudas porque no quiero, y me excuso el que me lastimes, porque no siento".

Esta visión del mundo justificaba al Lunarejo pero todavía habría de concretarla, quizá para probársela a sí mismo. Un americano podía ser superior a un europeo por la cultura y la víctima de la demostración sería un lejano crítico portugués ya desaparecido, una sombra. Al final quedó fortalecido el prestigio de Góngora, pero sobre todo salió ganando su defensor que, a pesar de las apariencias, libraba su propio combate. Los españoles que elogiaron el libro del Lunarejo no sospecharon que les estaba cobrando un desquite.

CEREMONIA EN OTOÑO

En 1727 falleció el Duque de Parma, suegro del rey de España, quien ordenó que se celebrasen en todo el imperio honras fúnebres en su memoria. La noticia y la cédula real —en la que se calificaba distraídamente a la muerte de *sensible contratiempo*— llegaron a Lima unos meses más tarde y fueron recibidas, me imagino, con cierto placer. Con placer, porque Lima era una ciudad polvorienta y aburrida, poseída ya por una de sus mayores pasiones: la frivolidad. Un culto estricto e inquisitorial de las apariencias reducía sus felicidades al paso de algún pirata, la ejecución de herejes, los temblores de tierra y sobre todo las fiestas religiosas y las llegadas, partidas, triunfos, bodas y muertes de sus autoridades terrestres. Cada uno de estos acontecimientos agitaba levemente la ciudad y marcaba un día ceremonial entre los demás días iguales.

La muerte del Duque de Parma era una espléndida oportunidad y parece que fue aprovechada a fondo. La mañana designada para el duelo las diversas corporaciones concurrieron a presentar su pésame al virrey José de Armendáriz, marqués de Castelfuerte, y luego lo acompañaron a la catedral, donde se había levantado el túmulo, para las ceremonias de cuerpo ausente. Los señores vestían pintorescos uniformes; los catedráticos, por ejemplo, borlas y musetas o capirotes que, en señal de luto, llevaban sobre el brazo. Las campanas repicaban. Era el siete de mayo; para entonces el cielo se ha vuelto gris, comienza el tenue otoño limeño.

Por encargo del virrey, don Pedro de Peralta y Barnuevo escribió un discurso de homenaje, que recogió en un volumen junto con el sermón pronunciado en la catedral y una colección de poemas escritos en Lima en honor del difunto. El libro se llama (entonces se usaban estos títulos largos): *Fú-*

nebre Pompa, Demostración Doliente, Magnificencia Triste que en las altas exequias y túmulo erigido en la santa iglesia metropolitana de la ciudad de Lima Capital del Perú al serenísimo señor el señor Francisco Farnese, Duque de Parma y de Plasencia, mandó hacer el excelentísimo señor don Joseph de Armendáriz, Marqués de Castelfuerte, Comendador de Montizón y Chiclana en la orden de Santiago, Teniente coronel de los Reales Guardias de su Majestad, Virrey. Gobernador y Capitán General de estos Reinos.

El libro recuerda esos antiguos álbumes de señoritas en que los amigos de la familia elogiaban su virtud y su hermosura, pero es un álbum monstruoso en que alguien ha escrito cien páginas de letra menuda, mientras que varios caballeros se han confabulado para desprestigiar la poesía. Presiden la redacción ciertas reglas: emplear el mayor número posible de palabras, sepultar las personas del elogiado y el elogiador bajo una masa de lugares comunes, eludir toda expresión directa. Peralta comienza diciendo que el dolor es lacónico y se ve en la cara y no en las palabras: "es la de los sentimientos una funesta lengua reducida a los jeroglíficos de la tristeza". Es de suponer que él era una excepción a la regla y tenía el dolor verboso, pues inicia en el acto una abrumadora enumeración de construcciones funerales:

> Así oponiendo a la mayor duración la mayor caducidad y la mayor grandeza a la mayor miseria, se labraron monumentos para perpetuar timbres y se elevaron maravillas para ocultar cadáveres. Tales fueron aquellos famosos laberintos que hacia el Lago de Meria y en las campañas de Toscana se construyeron pasmos de Egipto, y de la Italia; como que debiesen en ellos sepultarse también los que enredaban, haciendo víctima de la tumba a la curiosidad; y tales aquellas célebres pirámides, que hacían la tierra a sus reales difuntos más leve por la vanidad de su magnificencia que por la tranquilidad de su descanso: grandeza corregida del Pueblo, cuyos Gitanos moradores enfrenando el deleite con el desengaño, mostraban después de sus banquetes una urna, en la que se descubría una pálida imagen de la Muerte.

En el párrafo anterior dos notas de Peralta remiten a Herodoto, una a Plinio. También están citados, sólo en las primeras páginas, Plutarco, Agatocles, Freinshemius y San Agustín. Más adelante, cuando se descubre el túmulo levantado en la catedral, no falta un recuerdo para los famosos sepulcros de Efesión, Teseo y Timoleón, así como para el carro que condujo los restos de Alejandro. Antes Peralta ha tratado de la historia de la casa Farnese y repartido con equidad entre sus varones ilustres una provisión considerable de superlativos laudatorios. El mismo Peralta podía haber escrito todos los versos que siguen a su texto. Nada es imprevisible en la obra de estos poetas limeños; sus estrofas son tan impersonales que podrían ser intercambiables. Todos los lugares comunes de la poesía necrológica se encuentran aquí, como la socorrida paradoja el-muerto-no está-muerto:

No murió el Duque, es error
Que ha publicado la Fama;
Dulce es Sueño, que le llama
La suavidad de esta flor...
[...]
Más no: fingen los ojos
Pues lo que ven ceniza
El Cielo inmortaliza;
Triunfo son sus despojos:
Que no muere la luz, que allá encendida
Va a brillar en la esfera de la vida...
[...]
¿Murió Francisco? Sí: lo sé y lo dudo...

Las comparaciones del muerto con el sol:

Esa Pira funesta, que eminente
Hoy Lima le construye reverente
Al que de Parma fue Sol más brillante...
[...]
La Parca cruel y traidora
A todo el orbe español
Dejó entre sombras a un sol...

En fin, las invocaciones a nuestro modesto Rímac, ascendido por furor retórico a la categoría de río de la mitología:

> Detén el paso, Rímac presuroso...
> [...]
> Suspenso el Rímac ya no lo lamente...
> [...]
> ¿Qué es esto Rímac? Tu raudal canoro
> Tan mustio corre...
> [...]
> Lloró el Rímac, y con undoso espanto
> Con líquido coral bañó la arena...

No sé qué pensará el lector de los textos citados. Puedo asegurarle que no he elegido ejemplos particularmente insípidos y que, por el contrario, lo he absuelto de muchas rimas de *llanto* con *espanto* y de *mundo* con *sin segundo;* de imprecaciones a la Parca; de comparaciones entre el difunto y el ave fénix; de la humillación del sol ante la pira funeral y de los héroes de la Antigüedad ante las superiores virtudes del señor Farnese. Esos versos y esa prosa se repiten durante 264 páginas en cuarto, y el lector acaba por sentirse un poco desconcertado ante tanta perversidad. Al leer una obra literaria buscamos, aun sin pensar en ello, la expresión de una verdad o la creación de cierta forma de belleza, para emplear grandes palabras que, desde luego, sería difícil definir. Cuando Peralta nos informa que el túmulo construido en la catedral medía treinta pies de lado en su base y setenta y uno de alto nos comunica un dato sin duda exacto, así como es muy probable que mienta cuando afirma que el pueblo limeño quedó profundamente apenado por la muerte del Duque, que no había venido nunca por estas tierras. La verdad es, sin embargo, accidental, pues la intención de Peralta no fue escribir una crónica. Los hechos en sí mismos no le interesan, pues sabe de antemano que han de ser doloridos, conmovedores, grandiosos; se trata de rendir homenaje a un muerto ilustre y debe darse por supuesto que se trataba de un ser extraordinario; como el homenaje es público y en nombre de la colonia, el amor del pueblo ha de expresar la lealtad de las provincias peruanas a la Corona; estamos en la irrealidad oficial, que puede ser útil pero que no suele tener mayores relaciones con la verdad.

Por otra parte, cuando Peralta habla de los "jeroglíficos de la tristeza", la fórmula, separada del contexto, puede parecernos bella o misteriosa; admitamos también la posibilidad de que en los poemas se encuentren algunos versos felices, por inspiración o descuido del autor o por combustión espontánea del idioma. No obstante, tales extremos de formalismo nos hacen sospechar que estos escritores no practicaban la literatura por amor de las imágenes o las palabras, sino como una labor en que lo esencial era cumplir ciertas normas, transitar por los lugares comunes, insertar el mayor número posible de alusiones mitológicas o eruditas, medir sus versos y rimarlos al amparo de la imitación, componer en fin un texto como quien resuelve un rompecabezas en el que cada pieza tiene su lugar, y el resultado final es del todo previsible, sin originalidad ni valor estético.

Naturalmente, Peralta y sus colegas reflejan los vicios de la época. En la literatura española existen muchos ejemplos de este género necrológico; Ricardo Palma dedicó unos apuntes a los casos peruanos del siglo XVIII, cuyo título es un juicio crítico: "Las plañideras del siglo pasado". La primera mitad del siglo XVIII es uno de los momentos más vacíos de nuestra literatura colonial. Entre el Lunarejo, nuestro gran escritor del siglo XVII, y Peralta parece haberse abierto un abismo. No se trata sólo de la inteligencia del Lunarejo que, con toda su carga barroca, tenía algo que decir: sería injusto comparar el *Apologético en favor de D. Luis de Góngora* con esta *Fúnebre Pompa...* ceñida por obligación al género de homenaje oficial. Pero en el Lunarejo la alegría del escritor crea objetos de belleza, mientras que Peralta da la impresión de trabajar arduamente para lograr algo seco, correcto —según sus propias leyes— y casi ilegible: una forma de perfección, si se quiere, pero de perfección vacía.

VAGAMENTE DOS PERUANOS

Dos peruanos aparecen en dos novelas francesas. El primero es un general y lo encontramos en el baile del Duque de Retz, capítulo VIII de la segunda parte de *Rojo y negro:*

> Con excepción de lo que pudiera dar a su país un gobierno de dos cámaras, el joven conde no encontraba nada que fuese digno de su atención. Abandonó con placer a Matilde, la persona más seductora del baile, porque vio entrar a un general peruano.
>
> Al desesperar de Europa el pobre Altamira había llegado a pensar que, cuando los Estados de América meridional sean fuertes y poderosos, podrán devolver a Europa la libertad que les enviara Mirabeau.
>
> Un torbellino de jóvenes de bigote rodeaba a Matilde. La joven se había dado cuenta de que no había seducido a Altamira, cuya partida la hería en su amor propio. Veía cómo le brillaban los ojos negros mientras hablaba con el general peruano. La señorita de La Mole miraba a los jóvenes franceses con esa profunda seriedad que ninguna de su rivales conseguía imitar. ¿Cuál de ellos, pensaba, sería capaz de hacerse condenar a muerte, aunque se le presentasen todas las oportunidades?

El segundo peruano es un joven, también anónimo, y aparece en *En busca del tiempo perdido*. Acaba de terminar la velada que el príncipe de Charlus ha ofrecido en casa de los Verdurin para dar a conocer el talento musical de Morel. Al despedirse de Charlus, la señora de Mortemart quiere invitarlo a una de sus reuniones, pero sin verse obligada de invitar a la señora de Valcourt que se encuentra cerca de ellos.

> Pero ya la nueva mirada furtiva lanzada sobre ella había hecho comprender a Edith lo que ocultaba el lenguaje complicado del señor de Charlus. Esa mirada fue tan fuerte que, después de to-

car a la señora de Valcourt, el evidente secreto y la intención de engaño que contenían fue a dar sobre un peruano a quien por el contrario, la señora de Mortemart pensaba invitar. Pero éste, hombre desconfiado, reparando en la evidencia de tantos misterios aunque sin darse cuenta de que no estaban dirigidos contra él, sintió en el acto un odio feroz contra la señora de Mortemart y se prometió hacerle mil bromas atroces, tales como enviarle cincuenta *cafés glacés* a su casa el día que no recibiera, o hacer llegar una nota a los periódicos el día de la recepción, anunciando que la fiesta había sido postergada, para luego publicar comentarios falsos los días siguientes, en los que figurarían los nombres, conocidos por todos, de las personas que por diversas razones nadie recibe y ni siquiera se deja presentar.

Eso es todo. ¿Por qué, me pregunto, justamente dos peruanos? ¿Qué significan, quiénes son esos fantasmas literarios?

En primer lugar, ambos personajes existen porque son peruanos, es decir, en Francia, exóticos. Todo escritor sabe que un nombre extraño y distante otorga cierto encanto misterioso a su página. En la literatura europea, el Perú es uno de estos nombres y ha sido empleado muchas veces para sugerir ideas de lejanía y riqueza. El doctor Johnson comienza uno de sus poemas proponiendo que la observación "estudie a la humanidad, de la China al Perú", y la expresión se ha convertido en una frase hecha para designar los extremos del mundo. También el Marqués de Sade practicó nuestro nombre, junto con los de Ceylán, Kamtchaka o Matomba en las relaciones de etnología fantástica con que justificaba sus teorías: en *Juliette* figura este dato que sería difícil comprobar en las crónicas de la Conquista: "Trescientas mujeres del inca Atabaliba se prostituyeron de inmediato por su propia voluntad a los españoles y ayudaron a masacrar a sus esposos". Los ejemplos podrían multiplicarse.

Encontrar el nombre del Perú en libros europeos suscita en nosotros un primer movimiento de vanidad pero también cierto desconcierto, un comienzo de molestia. Algo parecido nos ocurre en Europa si los nativos nos miran con evidente curiosidad. ¿Peruano? dicen, y sabemos que imaginan nuestro rústico cuello sudamericano incómodo bajo la corbata. Es curiosa la sensación de sentirse exótico: es sentirse *otro*. Hace poco algunos limeños se indignaron al ver un documental en que se presentaba a nuestro país como una tierra de indios que son pobres, comen mal y no saben leer. Les bastó mirar en torno suyo para sosegarse: los automóviles norteamericanos, las telas inglesas, la moda francesa, la arquitectura mixta e indefinible, los *tea-rooms,* las *pizzerías,* las corridas de toros, los convencieron de que podían sentirse occidentales y respirar tranquilos. La verdad inquietante queda abolida porque se ha reducido el Perú a Lima, y Lima a ciertos barrios que pueden pasar por sucursales de Madrid, París o cualquier suburbio norteamericano más o menos elegante. La ciudad permite y hasta fomenta esas ilusiones. Otra posibilidad consiste en admitir que la realidad peruana es exótica y pensar en las extensiones desoladas, la miseria y la ignorancia como algo ajeno, que le sucede a gentes desconocidas. En Europa muchos peruanos no disponen de estos recursos y se hallan condenados a ser exóticos, es decir extraños, pintorescos, no asimilables: tal vez sienten entonces que Lima es pequeña y el Perú grande, pobre e irrevocablemente peruano. Los europeos no separan a los peruanos en clases, para ellos todos los peruanos son radicalmente *otros*.

La mirada de los europeos que pregunta a los viajeros peruanos por su país —es decir, por los indios, por los explotados, por quienes no llegan a Europa— surge en parte de la ignorancia pero es fundamentalmente justa. Los peruanos no hemos creado todavía ninguna imagen universal de nosotros mismos que reemplace a los grabados antiguos en que llevábamos plumas y hermosos vestidos. Esas imágenes persisten porque son las más originales y mejores que hemos dado al mundo. Un hombre de la cultura Paracas, que apenas si adivinamos en la prehistoria por el testimonio de su arte, fue una respuesta magnífica ante la naturaleza, un creador. Un limeño del siglo veinte suele ser una copia borrosa del europeo o el norteamericano, un proyecto que aún no se ha definido del todo. Los extranjeros exigen que seamos nosotros mismos y no imitemos a los demás: eso es lo más difícil y todavía no lo hemos conseguido.

Vuelvo a Stendhal y a Proust, que quizá hicieron peruanos a sus personajes por algo más que simple exotismo. Stendhal escribió esa página hacia 1830, mientras vivía en un régimen político que detestaba. Para los hombres como él, América podía ser una esperanza, pero la democracia norteamericana no lo convencía y es posible que, durante un momento, lo sedujeran nuestros países que acababan de lograr su independencia; tal vez en los caudillos hispanoamericanos se daría la energía de Napoleón, que tanto había admirado, unida al respeto por la libertad: las nuevas repúblicas podrían corregir los errores de Francia y los Estados Unidos y devolver a Europa "la libertad que les enviara Mirabeau". Varios jefes de la independencia americana viajaron a Europa por esos años y Stendhal pudo conocer a alguno de ellos. No sería raro que el general peruano de *Rojo y Negro* tuviese un modelo, un general de carne y hueso que asistió a un baile donde el novelista lo vio conversando con un conspirador. Si quisiéramos hacer una simple suposición aventuraríamos, sin pruebas, el nombre de José de la Riva Agüero, primer presidente del Perú, exilado en Europa por esos años y emparentado con la nobleza europea.

Pronto empezó otra emigración: la de los viajeros ricos, hijos de grandes familias, que de su país lejano sólo querían las rentas puntuales. El personaje de Proust pertenece a ella. Son los comienzos del siglo veinte y este peruano tiene buenas relaciones (no demasiado buenas: quien quiera conocer la exacta, la cambiante categoría social del salón Verdurin puede leer *En busca del tiempo perdido*). A diferencia del general que inspiraba a los revolucionarios, el peruano de Proust no es sino un petimetre. El esnobismo lo apasiona: supone que no será invitado a una recepción y una mirada basta para precipitarlo a una vana venganza. Frecuenta los salones y dispone de dinero suficiente para derrocharlo en bromas de mal gusto. Proust lo presenta como un triste fantoche, una de las muchas sombras sin nombre que atraviesan su libro, existencias tenues al lado de los grandes personajes. ¿Tendría también un modelo? A comienzos de siglo había muchos latinoamericanos en los medios elegantes de París. Es probable que Proust pensara en uno de ellos y, como solía borrar las huellas, lo llamase peruano para disimular el retrato, o bien que éste fuese el primer exotismo que le vino a la pluma.

Esos dos personajes anónimos, esos dos fantasmas que quizá no existieron sino en los libros, abren y cierran una etapa, una promesa en la historia del Perú: la gran esperanza que suscitó la Independencia, no sólo entre nosotros, sino también entre europeos que, como Stendhal o Altamira, pudieron creer que en la América española se inauguraba el reino de la libertad con justicia. Al publicarse *Rojo y Negro* ya la esperanza se desvanecía, comenzaban en nuestros países las luchas internas, las dictaduras, pero las noticias viajaban lentamente y quizá Stendhal creía aún que algo nuevo estaba naciendo. Cuando Proust escribe la esperanza se había frustrado. Muchos años antes Baudelaire había aludido a "los expedientes y el desorden bufón de las repúblicas de Sudamérica". Los peruanos que Stendhal estimó habían desaparecido; Proust nos presenta a un meteque que aspira a ser un parisiense más, uno de esos feroces y pálidos mundanos para quien perder una invitación justifica el odio ridículo de que son capaces: un mediocre.

Entre los dos peruanos algo ha terminado. El general parece ser un extranjero en el baile del Duque de Retz; en verdad resulta extranjero en ese ambiente donde se encuentra de paso, si interesa a Altamira es probablemente porque, aun en ese intermedio europeo, sigue pensando en la acción, está decidido a volver a su país, a luchar, a equivocarse, a crear la imagen del Perú que le dictó su rebeldía. En cambio el joven de Proust ha nacido sin duda dirigente, ha heredado el poder con el dinero, pero prefiere no asumir su responsabilidad. ¿Piensa en volver? Se encuentra muy cómodo donde está; a diferencia del general no parece, no quiere ser, quizá no es, un extranjero; en Lima no existen —todavía— los Verdurin. ¿Volver para qué?

Los libros tienen esas ironías. Sin que mediara la voluntad de sus autores, dos novelas francesas parecen resumir el destino del Perú, o de una clase que determinó en gran medida ese destino: apenas dos páginas en que aparecen, vagamente, dos peruanos.

DOS VERSIONES DE UNA VENGANZA

EN LOS capítulos XVII y XVIII del libro sexto de la *Historia General* el Inca Garcilaso cuenta una historia que Ricardo Palma habría de recoger en dos de sus *Tradiciones peruanas.* Las versiones no coinciden. No sabemos si Palma modificó por su cuenta la de Garcilaso o si prefirió seguir a otra fuente, pero sin duda conocía el relato de la *Historia General* y sus adiciones y omisiones pueden servir de punto de partida para un análisis que tal vez ayude a comprender mejor la manera como ambos construían sus relatos.

La historia que cuenta Garcilaso es la siguiente: un día de 1548 el alcalde mayor de la justicia de Potosí, el licenciado Esquivel, ve salir de la ciudad a una expedición de españoles de la que, contra las ordenanzas vigentes, forma parte un grupo de cargadores indios. Los deja pasar a todos menos al último, un español "pequeño y de ruin talle" llamado Aguirre, a quien lleva preso. Como Aguirre no puede pagar la multa prescrita por cargar indios, lo condena a recibir doscientos azotes. La pena es infamante, protesta Aguirre, y no debe aplicarse porque él es hidalgo, hermano de un señor de vasallos; para evitar la deshonra suplica que, en vez de azotarlo, lo ahorquen. Esquivel es inflexible y, al intervenir otros señores de la ciudad, consiente tan sólo en aplazar la ejecución durante ocho días. Cuando le anuncian la decisión, Aguirre ya está sobre la bestia en que lo llevan desnudo a la plaza; aguija la cabalgadura y prefiere apurar el trago de una vez, porque sabe que ha de pasar el tiempo buscando en vano protectores, que Esquivel no cederá; recibe los azotes "con mucha lástima de indios y españoles".

Al dejar su cargo, Esquivel decide alejarse de un enemigo peligroso y parte a Lima, luego a Quito y por último al Cuzco. De nada le vale, pues Aguirre lo sigue a cada una de esas ciudades, atravesando los páramos a pie y descalzo porque "decía que un azotado no había de andar a caballo ni parecer donde gentes lo viesen". En el Cuzco, un amigo —un pariente del Inca Garcilaso— ofrece a Esquivel hacerle compañía en su casa a fin de prevenir un atentado. Esquivel responde que, a pesar de las prohibiciones, lleva siempre cota de malla y espada al cinto para defenderse: aceptar la protección que le ofrecen sería dar demasiada importancia a un pobre hombre. Tres años y cuatro meses después de los azotes, Aguirre entra en casa de Esquivel, lo encuentra durmiendo y le da muerte de una puñalada. Sale despavorido, no atina a refugiarse en un convento, se tropieza con amigos que lo esconden durante cuarenta días y luego lo ayudan a escapar a Huamanga.

Este resumen da una idea de los hechos pero no de la maestría con que están narrados; sería preciso citar el texto íntegramente. Los personajes no son simples perfiles. Esquivel procede con arbitrariedad pero es "hombre manso y apacible y de buena condición fuera del oficio": la autoridad se le ha subido a la cabeza. Aguirre es un débil, un obsesionado; comprendemos que para ser capaz de vengarse debe ahondar su humillación y castigarse a sí mismo, esperando un estallido de energía que le permita acabar con su enemigo. Pasado ese instante vuelve a quedar desamparado y se salva por el azar de un encuentro. Como siempre en Garcilaso, la anécdota abunda en pequeños toques realistas. La escena del crimen, por ejemplo. Aguirre

> se atrevió a entrar un lunes al mediodía en casa del licenciado, y habiendo andado por ella muchos pasos y pasado por un corredor alto y bajo y por una sala alta y una cuadra, cámara y recámara donde tenía sus libros, le halló durmiendo sobre uno de ellos y le dio una puñalada en la sien derecha de que lo mató.

Esas salas, esas estancias vacías en el silencio del mediodía, son el ambiente casi mágico, no descrito sino apenas mencionado. Todavía más: Aguirre se precipita fuera de la casa pero, como un sonámbulo, vuelve a entrar para recoger su sombrero. Cierto o no, este último detalle es la jugada maestra que aprovecha o inventa un gran narrador.

Ricardo Palma trató la misma anécdota en dos de sus *Tradiciones peruanas*. En "Puesto en el burro, aguantar los azotes", después de citar como fuentes al padre Calancha y "otros cronistas", cuenta cómo Gabriel de Leguízamo, hijo de un famoso conquistador, negó una vez el saludo al teniente gobernador del Cuzco, su rival en amores. Condenado a recibir una docena de azotes, se enteró de que su enemigo aceptaba aplazar la ejecución hasta el día siguiente:

> El joven Leguízamo, al informarse de lo que pasaba, dijo con calma:
> —Ya me han sacado a la vergüenza y lo que falta no vale la pena volver a empezar. El mal trago pasarlo pronto. *Puesto en el burro... aguantar los azotes.* ¡Arre pollino!

La escena, como se ve, es menos dramática que de un resignado humorismo. Palma añade que el episodio fue origen de un refrán y que, tres meses después de cumplirse la sentencia, Leguízamo mató a puñaladas a su ofensor y logró huir.

Más interés tiene la historia de la persecución y la venganza que, con algunas modificaciones en relación con la anécdota de Garcilaso, se cuenta en "Las orejas del alcalde". Esquivel y Agüero (que se llamaba Aguirre en la *Historia General*) son enemigos por culpa de una muchacha, personaje inútil que no vuelve a aparecer; como en el otro texto que hemos citado, se advierte la convención, grata a Palma, de "buscar a la mujer" en toda intriga. Los personajes son de una sola pieza: Esquivel, un viejo atrabiliario; Agüero, un mozo guapo e insolente. Para ponerlos en contacto, Palma recurre a un incidente en una casa de juego. Un tahúr le clava a otro la mano en la mesa; acuden los alguaciles y prenden al inocente Agüero, quien explica que fue al garito a distraerse de un dolor de muelas. Esquivel lo condena a pagar una multa o recibir una docena de azotes. Agüero no tiene un centavo y es azotado de inmediato y en secreto. Este último detalle es importante. En Garcilaso la ejecución es pública, la víctima se siente deshonrada ante los demás y la vergüenza que suscita la mirada ajena es decisiva; en Palma la ofensa es personal, sin testigos, sin tensión social. Agüero no despega los labios al recibir los azotes pero luego anuncia que un año más tarde, a la misma hora, le cortará las orejas a Esquivel. ¿Por qué las orejas? Seguramente porque desorejar a alguien es más pintoresco que darle muerte, sobre todo cuando la amenaza es tan precisa, con fecha y hora fijadas. Durante ese año, Agüero se entretiene en seguir al alcalde y en preguntarle por sus orejas. Estamos muy lejos de Aguirre, el personaje débil y complicado de Garcilaso, que no debía saber si alguna vez llegaría a reunir el valor para vengarse; Agüero es un vengador de folletín que juega con su víctima:

> Ni el espectro de Banquo en los festines de Macbeth, ni la estatua del Comendador en la estancia del libertino Don Juan, produjeron más asombro que el que experimentó el alcalde, hallándose de improviso con el flagelado de Potosí.
> —Calma, señor licenciado. ¿Esas orejas no sufren deterioro? Pues entonces, hasta más ver.

Garcilaso es trágico, Palma truculento. Garcilaso destaca la humillación, el carácter obsesivo de la venganza que transforma a un hombre cualquiera en un asesino. En Palma casi no hay humillación, pues al recibir los azotes Agüero ha decidido vengarse, y ni él ni el lector dudan que todo se cumplirá como está anunciado. Garcilaso cree en la verdad de su historia y consigue que creamos en ella: en ese desesperado que pide que lo maten para evitar el deshonor y luego prefiere no aplazar el momento de la vergüenza, en la persecución incesante, en las precauciones inútiles del perseguido, en las salas desiertas del mediodía y el sombrero olvidado. Palma, que es menos artista y no es visionario, suprime casi todos esos detalles. Agüero, el lejano conquistador, es ya uno de sus personajes criollos, astutos y sin grandeza: nada más que un bromista, un burlón.

TRES NOTAS SOBRE EL COSTUMBRISMO

El costumbrismo

La explicación más frecuente del costumbrismo es de orden psicológico: el celebrado ingenio de los peruanos o, más precisamente, de los limeños. Esta teoría, indiscutida hasta hace unos años, cuando bastaba evocar un vago espíritu racial, nacional o local como causa suficiente de hechos de cultura, no nos satisface. Cabe observar, por lo demás, que la versión criolla o costumbrista de Lima se funda en un periodo relativamente breve de su historia, el siglo XIX y los primeros años del siglo XX. Aun para esa época no hay por qué aceptar una imagen, a primera vista halagadora y en el fondo parcial y resignada, que asigna a los limeños un talento particular cuando se trata de burlas pero les niega capacidad para esfuerzos más ambiciosos o sutiles, excluyendo así a escritores —pues hablamos de literatura— como González Prada o Eguren. En lugar de repetir teorías de psicología de los pueblos, tendría más interés estudiar el costumbrismo en la sociedad en la cual aparece y se difunde, precisar su sentido cultural y propiamente literario.

Durante la Colonia el costumbrismo coexistió con otras tendencias sin llegar a dominarlas. En cambio desde Pardo y Segura se instala en el centro de nuestra literatura y ocupará ese lugar mucho tiempo. Podría creerse que, puesto que llevó a la literatura ciertos temas nacionales, el costumbrismo republicano fue una tímida declaración de independencia literaria. Sin embargo, y aparte de que esos temas ya se habían tratado en la época colonial (y sin preguntarnos ahora si existen temas —y no sólo motivos— nacionales, y cuáles pueden ser, preguntas para las que no hay respuestas fáciles), lo cierto es que los costumbristas peruanos se dedicaban a imitar a sus modelos españoles, y no es de extrañar que uno de los primeros maestros del género, Felipe Pardo y Aliaga, fuese "medio godo, chapetón" (como lo llamó Ventura García Calderón, no José Carlos Mariátegui), además de reaccionario o por lo menos nostálgico, tanto en política como en literatura.

El costumbrismo es un género secundario, provinciano y hasta parroquial, que empieza por renunciar a la universalidad, condición indispensable de toda auténtica obra de arte. Los costumbristas eligen en su propio país datos que valen por su carácter pintoresco, lo cual entraña por necesidad un punto de vista exterior, puesto que nadie se reconoce a sí mismo como pintoresco: salvo aberración, los pintorescos son siempre los otros. Los personajes retratados resultan costumbristas sólo cuando el autor los presenta como tales, es decir, los traiciona, puesto que no lo son en la realidad, no tienen conciencia de hablar con peruanismos, comer platos criollos y bailar danzas folklóricas: para ellos se trata del lenguaje, la comida y la música, sin calificativos. Puede haber un momento en que ciertos grupos sociales asuman la pose del criollismo, pero ése ya es otro cantar, una perversión moderna que no sospecharon los autores del siglo pasado. Lo falso no está, por supuesto, en que los usos locales aparezcan en la obra literaria, sino en la manera cómo aparecen o la importancia que se les asigna. También en los libros de Arguedas o Vargas Llosa encontramos el vocabulario, la cocina o las canciones del país, pero sin exhibicionismo ni complacencia, y esos elementos no los definen; los autores aspiran a ser universales, no a ofrecer espectáculos al lector turista. Ser universal no es negarse a escribir sobre la propia sociedad —como esos modernistas hispanoamericanos que escribían cuentos que transcurrían en París— sino lo contrario, escribir sobre ella desde dentro, en cuanto entraña, como cualquier otra, valores universales. Los costumbristas elegían como centro de su creación la particularidad local justamente en la medida en que no era universal, ya sea que la celebrasen o se burlasen de ella, pues el entusiasmo nacionalista —esto es bueno o interesante porque es peruano— se parece mucho a la actitud opuesta —esto no puede tener ningún valor o interés porque es peruano— con la cual, por otra parte, convive sin la menor dificultad. En última instancia, es posible que se trate de un mismo complejo de inferioridad, de origen colonial, que nos convence de que la verdadera cultura se encuentra siempre en otra parte.

El punto de vista del escritor costumbrista es exterior pero no extranjero. Un visitante puede tomar nota de las costumbres locales pero, además de que es improbable que llegue a conocerlas lo suficiente para convertirlas en el centro de su literatura —los libros de viajes están, por lo general, llenos de errores y malentendidos— no le interesan del mismo modo que al autor nacional, quien no las siente del todo propias ni del todo ajenas. No las siente del todo propias porque el costumbrismo implica siempre una distancia, que suele ser la distancia entre clases sociales. A veces es claro el propósito crítico o moralizante; otras, la intención de celebrar lo que se cree un valor propio; la picardía, por ejemplo, se presenta como una forma tramposa de sociabilidad, causa de muchos males, o como una variante peruana de la gracia, la resistencia justificada, quizá la única posible, ante el poder, que entre nosotros tiende a ser inepto y abusivo. En otros casos cuenta sobre todo la simple descripción y la censura o la defensa son veladas, apenas un guiño para quien sabe leer entre líneas. Uno de los temas fundamentales de nuestro costumbrismo (aunque la palabra aparezca tardíamente) es la *huachafería*, sobre cuyos diversos matices abundan las páginas inútiles, que supone, por lo general, cierta ironía ante las gentes de la pequeña burguesía que se dan aires y pretenden llegar a más o aparentarlo (el *quiero-y-no-puedo*). La burla será entonces un castigo por la transgresión social; la convención tácita, que ni el autor ni su lector son huachafos (a decir verdad, nadie se ha reconocido nunca huachafo). El tema no es, por supuesto, original, y se encuentra con otros nombres en muchas literaturas; la versión peruana revela la sociedad de castas que fue la nuestra durante el siglo XIX, en que ni siquiera era preciso recurrir a la violencia para que cada uno se mantuviese en su sitio, tensión permanente pero encubierta. El costumbrismo está hecho a imagen y semejanza de esa sociedad: mediocre, reducido hasta volverse asfixiante, hace reír alguna vez pero cansa pronto.

ARONA AMARGO: COMENTARIO DE TEXTO

Gritos del provincialismo

Salgo al campo y asáltanme ladrones;
en la ciudad soy víctima de perros,
y si apelo a domésticos encierros,
de pulgas y criados remolones.
Viajo, y todo es arena, insolaciones,
o inaccesibles cumbres y arduos cerros;
sé que existen Gobiernos ... por sus yerros
y por sus atentados y exacciones.
Miro a unos hombres en constante lidia
miro doquier maneras inurbanas,
indolencia, ignorancia, baja envidia.
Ya oigo que un patriotero se fastidia;
ya oigo a alguno gruñir: ¡Cosas humanas!
¡Miente, que sólo son cosas peruanas!

Sonetos y Chispazos

El primer verso recuerda un soneto de Quevedo (*Salíme al campo...*) pero Juan de Arona no aspira en modo alguno a la dimensión trágica. La comparación resulta mortal, aunque sea él mismo quien la atrae sobre su cabeza, pero no carece de cierto interés señalar que algunos costumbristas leían a los clásicos y aspiraban a la sátira, aunque por lo general se quedaban en las burlas. Si Arona no logra seguir a Quevedo, la culpa no es del todo suya: escribe en un ambiente cultural muy estrecho, la Lima pequeña y terrible del siglo XIX, forma parte de la incipiente literatura peruana, debe usar el fatigado español literario de su tiempo. A la serie del primer cuarteto (el campo, la ciudad, la casa o los "domésticos encierros") corresponde una serie paralela en el segundo, que empieza con menciones de los arenales de la costa y las montañas de la sierra, pero de pronto el soneto se desbarata, como si, olvidándose de sus intenciones, el poeta se hubiera puesto a escribir lo primero que le pasaba por la cabeza. Si el soneto comenzó como un ejercicio de imitación, la forma ha quedado descartada a medio camino: Arona está demasiado cerca de la experiencia y la indignación lo ahoga. Esos ladrones, pulgas y criados no vienen de la tradición literaria, donde también sería fácil encontrarlos, sino de la próxima e intratable realidad peruana; los ladrones, por ejemplo, pueden ser los famosos que infestaban los alrededores de Cañete, donde la familia del autor fue dueña de tierras. A los males sociales enumerados en el primer cuarteto siguen en el segundo las quejas sobre la dureza del desierto costeño y la sierra. Aquí hubiéramos esperado una protesta ante la incomodidad de las posadas —otro peligro para el viajero, viejo tema literario— pero Arona prefiere dar un salto, que es más bien una caída, y se lanza contra los gobiernos. De la sociedad ha pasado a la naturaleza y ahora le llega el turno a la política: demasiado para dos cuartetos. En todo caso, la sátira poética dura sólo un par de versos y en el primer terceto aparece otra vez la sociedad, aunque el ataque no estará dirigido contra el desorden exterior, que podría atribuirse a la pobreza o el atraso material, sino contra una falla interior, moral o espiritual. "Indolencia, ignorancia, baja envidia" es un verso tan abstracto que dice muy poco (las imágenes no eran el fuerte del poeta Arona), aunque para el autor debía estar cargado de una significación evidente. El mal humor no se convierte en literatura porque ha dominado al autor, lejos de ser una emoción recordada en momentos de tranquilidad, resulta una obsesión. Arona fracasa por su impaciencia o su ambición excesiva que lo lleva a tocar demasiados temas, por su pobreza plástica, por lo limitado de sus medios de expresión. El poeta no es dueño de su material, el material lo abruma; no hay en su poema un verso, un solo epíteto memorable o eficaz. El resultado es mala literatura pero un testimonio interesante, como sucede con tantas obras del costumbrismo: un documento sobre la sociedad peruana del siglo XIX y uno de sus críticos exasperados. Aquí tocamos a un hombre, no como en los grandes escritores por la magia del estilo, sino por la propia torpeza formal. Oímos protestar a Juan de Arona como debieron oírlo sus contemporáneos, con esa espléndida falta de lógica (de la que aún contamos con especialistas) que permite despotricar en una sola frase del clima y del gobierno. No nos sorprende que surja un interlocutor —un "patriotero" lo llama Arona despectivamente— para recordarle que nuestros defectos son, a fin de cuentas, humanos: en todas partes se cuecen habas. Juan de Arona reclama el derecho hispánico a la arbitrariedad y a la exaltada denigración del propio país; no basta que éste sea malo, ha de ser el peor, y los defectos peruanos únicos y exclusivos; que nuestras habas sean, por lo menos, las más amargas de todas. El único rasgo de humor, sin duda involuntario, está en el último verso y se vuelve contra su autor: "¡Miente, que sólo son cosas peruanas!" Ladrones, pulgas, perros, desiertos y malos gobiernos no se conocen en otra parte: "¡Sólo en este país...!" Se ha repetido muchas veces que la literatura peruana es ágil y graciosa, la crítica —como en Ricardo Palma, el caso más celebrado— una manotada de gata que araña y no hiere. Es cierto que existe esa ironía ligera, casi siempre limeña, pero otra crítica no menos nuestra es la expresión exacerbada de una amargura que tal vez sea la más auténtica herencia colonial. La hemos encontrado cien veces en medio de la calle; en la literatura la representan autores de distintas tendencias y unos cuantos libros excelentes: González Prada, Riva Agüero, *Lima la horrible, Conversación en la catedral.* El soneto de Juan de Arona pertenece a esa tradición.

Costumbristas y huachafos

Muchos se han extasiado ante las sutilezas que encierran los términos huachafo, huachafa, huachafería y una colección de las páginas destinadas a dilucidarlos formaría un volumen de pésima literatura. Lo huachafo es la versión limeña de lo cursi, sin duda con sus notas propias, pero la palabra entraña casi siempre una connotación social: huachafa es la gente que aparenta los modales de una clase superior a la suya y a quien tal pretensión hace ridícula. Esto basta para adivinar que las burlas que tienen por tema la huachafería no suelen ser muy nobles ni muy valientes, puesto que se encarnizan en quienes no pueden defenderse, suponiendo que alguien se sienta atacado porque se reconoce huachafo, lo cual es improbable. Los huachafos son la imitación irrisoria de la gente decente, es decir, las buenas familias que disponen en su favor del nacimiento, la educación, el poder, el dinero, el buen gusto: la clase dominante, en suma, contra la cual se han escrito pocas sátiras costumbristas, aunque en ellas no han faltado ni faltan —en un sentido estrictamente estético de la palabra, que también existe y no es inútil— muchos huachafos. Por supuesto, siempre se podrá responder que la huachafería de las clases altas se llama mal gusto, como el mal gusto de las demás se llama huachafería. Sería una lástima que esto fuera cierto, y habría que reivindicar la palabra para denunciar a toda persona inauténtica: el dictadorzuelo que se escucha a sí mismo con veneración, los millonarios cuyos abuelos soñaban con París y cuyos nietos viven en Miami, el vano orador parlamentario, el señor prepotente o adulador (según con quien trate), son todos unos huachafos, la palabra les va como un guante.

El tema de la huachafería, tan frecuente en nuestro costumbrismo, antes y después que se inventara la palabra, es característico de la sociedad limeña tradicional, sociedad jerarquizada en la que cada uno debía permanecer en su lugar, aunque la Independencia había suprimido, en teoría, los privilegios coloniales. En nuestro tiempo la sociedad ha cambiado, ha desaparecido el costumbrismo, al menos en su forma tradicional, y podemos asombrarnos de la vigencia que tuvo durante el siglo pasado. No es extraño que los modelos costumbristas nos llegaran de España, país resistente a la modernidad. En Francia e Inglaterra, donde esa literatura fue marginal, se crearon otras formas fuertes y profundas, como la gran novela realista. Justamente, uno de los asuntos centrales de la novela del siglo XIX es la historia de un personaje con algo de huachafo: el joven ambicioso, sin dinero y a veces sin relaciones, que lucha por imponerse a la sociedad. En la versión más o menos idílica, un joven lleno de virtudes escapa a muchos peligros y, gracias a sus méritos o a una intervención providencial, alcanza la segura felicidad del burgués, como algunos protagonistas de Dickens. Existe otra versión más dura: el héroe recurre a cualquier medio, honesto o deshonesto, y en su ascensión suele irse deshaciendo de sus escrúpulos, que son una carga más que otra cosa, como en tres ejemplos de la literatura francesa que todos conocen: Julien Sorel, Rastignac, Bel Ami. Naturalmente, en la sociedad peruana no debieron faltar casos semejantes, pero no llegaron a la literatura, no fueron casos ejemplares. No es que nos faltasen escritores, nos faltaba una literatura como expresión de la conciencia crítica. Al igual que los demás países hispanoamericanos, durante el siglo XIX tuvimos muchas revoluciones (cambios de gobierno) y ninguna revolución (cambio de sociedad). El romanticismo se redujo entre nosotros al mero balbuceo sentimental. Al comenzar sus *Tradiciones peruanas,* Ricardo Palma trató, con resultados no muy felices, unos cuantos temas románticos, pero no tardó en abandonarlos: la burla suave, en que los lectores ven retratados a los demás y nadie debe darse por aludido, era más propia a su talento y al medio en que vivía. No escribió una novela sino varios volúmenes de cuentos, en los que sus admiradores creen descubrir un nuevo género literario. ¿Cómo hubiera podido escribirse la gran novela peruana del siglo XIX, quién hubiera podido escribirla? Si González Prada se hubiese sentido con vocación de novelista... ¿Hubieran logrado los personajes librarse de las sutiles interdicciones sociales, vencer las resistencias que se hallaban en ellos mismos? Es difícil imaginar el mundo ávido, violento, cargado de energía de *La Comedia Humana* trasladado a Lima.

Un Rastignac peruano que, al salir del cementerio, lanzara desde los Barrios Altos su desafío a la ciudad se habría sentido huachafo: más le valía ser discreto. El propio Balzac, genio exuberante, excesivo, ¿no hubiera parecido un poco huachafo a los señores limeños?

PALMA Y EL PASADO

EN LA primera serie de sus *Tradiciones peruanas* (1872) Ricardo Palma recogió cuentos sobre personajes imaginarios de la Colonia. A partir de la segunda serie (1874) se decidió a explorar de manera más sistemática las posibilidades de un tratamiento literario de la historia del Perú; en adelante sus personajes serían muchas veces personajes históricos: conquistadores, virreyes, hombres de Iglesia, próceres de la Independencia o la República, toda suerte de figuras menores. Palma no se limita a construir sus anécdotas con personajes o hechos de la historia. Le interesa el dato histórico por sí mismo, tenga o no relación con la anécdota, y no sólo aspira a distraer a sus lectores sino quiere también, al mismo tiempo, enseñarles algo. En la primera serie comenzó por indicaciones someras sobre el medio o la época en que se movían sus personajes (cap. II de "Predestinación", cap. I de "El Cristo de la Agonía"); luego insertará en sus cuentos verdaderos artículos de divulgación histórica a los que dedica, por lo general, el capítulo II. Se ha dicho que en esos apartes Palma, sin romper la continuidad narrativa, sitúa con mayor nitidez el ambiente en que se desenvuelven sus relatos. Nada menos seguro: la relación entre la anécdota y los datos históricos suele ser muy tenue y a veces es prácticamente inexistente. Una vez iniciada la acción Palma recuerda, por ejemplo, quién era el virrey que gobernaba el Perú. Eso es todo lo que hace falta para interrumpir el relato e iniciar la digresión, pues pasamos en el acto a la semblanza biográfica: al llegar a Lima el virrey era joven y apuesto o viejo y enfermizo; resultó honrado o fácil para el soborno; tuvo amores con limeñas o fue muy devoto y hasta fanático y dominado por los jesuitas. También nos enteramos de su escudo de armas y de los principales acontecimientos de su gestión: rebeliones, terremotos, paso de piratas, fundación de instituciones, milagros, reformas municipales. A veces el tema de esas páginas no es un virrey sino un obispo o una ciudad provinciana. En el capítulo III se reanuda la trama que había quedado en suspenso y en la cual no influyen los hechos mencionados en el aparte de divulgación histórica.

Como lo dice el propio Palma, la fórmula es deliberada, el plan que se ha trazado a partir de la segunda serie de las *Tradiciones peruanas:* "Hagamos una pausa, lector amigo, y entremos en el laberinto de la historia, ya que en esta serie de las *Tradiciones* hemos impuesto la obligación de consagrar algunas líneas al virrey con cuyo gobierno se relaciona nuestro relato" (Las orejas del alcalde), o bien "Ciñéndonos al plan que hemos seguido en las *Tradiciones,* viene a cuento una rápida reseña histórica" (Lucas el sacrílego), o, sin más trámite: "Echemos, lector, el obligado parrafillo histórico" (La monja de la llave). Desde luego, Palma sabe que estas digresiones interrumpen la narración y, no sin astucia y buen humor, deja la anécdota a un lado, fingiendo a veces que al tiempo interno del relato en que se mueven los personajes corresponde otro, el tiempo del lector que lee los datos históricos: "Mientras don Cristóbal va galopando y tragándose leguas por endiablados caminos, echaremos un párrafo de historia" (Una vida por una honra), o "Demos tiempo al tiempo y no andemos con lilailas y recancanillas. Es decir, que mientras los amantes apuran la luna de miel para dar entrada a la de hiel, podemos echar, lector carísimo, el consabido parrafillo histórico" (La gatita de Mari Ramos [...]). El recurso no carece de antecedentes en la literatura romántica.

Pronto abandonó Palma la estructura tan rígida que había elegido para sus cuentos y que, por lo demás, ni siquiera respetó fielmente en todos los de la segunda serie. Cabe pensar que se fatigó de sujetarse a un esquema o que, al sentirse más dueño de su estilo, decidió no limitar sus libertades con un plan que podía aplicar cada vez que lo creyese oportuno. Los problemas de estructura parecen no haberle preocupado demasiado y es inútil buscar, como lo han hecho algunos críticos, una fórmula única que valga para todas las *Tradiciones*. Los cuentos están formados por una o varias anécdotas, a las que puede añadirse un artículo, o sólo unos cuantos detalles, sobre la historia o las costumbres peruanas, todo en proporciones variables. La asociación es libre y, por lo general, no obedece a ninguna necesidad de la narración. En "Con días y ollas venceremos", para citar un ejemplo, se cuenta cómo San Martín enviaba mensajes a Luna Pizarro por intermedio de un vendedor de ollas. Éste es el argumento, pero se intercala un artículo costumbrista sobre los pregones de Lima, que podría figurar en otro relato sobre esa época o leerse fuera de contexto: el pregón del vendedor de ollas ha dado pie para esa larga y excelente evocación. En las últimas series la anécdota puede desaparecer por completo, y las páginas sobre los toros o las peleas de gallos son cuadros de costumbres presentados sin el pretexto de un cuento.

Antes de escribir las *Tradiciones peruanas,* el joven Palma fue poeta, cuentista, autor de teatro, periodista, aficionado a la historia y aprendiz de historiador; su vocación, aún no bien definida, tenía varias direcciones posibles. Uno de sus primeros libros, los *Anales de la Inquisición de Lima* (1863) lleva por subtítulo: *Estudio histórico*. La obra tuvo varias ediciones pero habría de quedar opacada por el trabajo, más sólido y completo, que dedicó José Toribio Medina al mismo tema. El segundo ensayo histórico de Palma, *Monteagudo y Sánchez Carrión* (1877) tuvo aún menos suerte, pues le valió críticas muy ásperas y una polémica desagradable. No obstante, es injusto afirmar que, desengañado de la historia, Palma se refugió en la literatura, pues en 1877, al aparecer su segundo libro de historia, había publicado cuatro series de *Tradiciones*. Más exacto parece suponer que, tal vez a pesar suyo, Palma no fue nunca un historiador y que desde un comienzo lo dominó su irreprimible vocación literaria. En efecto, al escribir los *Anales,* Palma se esforzó por investigar el tema correctamente, y algunas páginas reflejan la sequedad de los documentos que le pasaron por las manos, pero no hay duda de que la tendencia literaria se manifiesta tanto en la textura de la prosa como en la elección y presentación de los materiales. Léase por ejemplo:

> El virrey Marqués de Montesclaros que había presidido en México no pocos autos de fe, asistió el domingo 10 de julio de 1608 al que se efectúo en el cementerio de la catedral. Se presentaron en él dieciocho personas, y el bachiller Juan de Castillo, natural de Lima, a quien achicharró el fuego por haber sostenido que la ley de Moisés era la verdadera; que el día de Pascua no estaba bien determinado y que Adán no tuvo ombligo. Mendiburu, en el correspondiente artículo de su *Diccionario Histórico,* dice que el bachiller Castillo era hombre notable por su talento e ilustración, que se acercó una vez al arzobispo Santo Toribio, diciéndole que el cómputo eclesiástico estaba errado y que el arzobispo, después de escucharlo con benignidad, le aconsejó que callase y no se metiese en honduras. El limeño bachiller debió ser hombre de regocijada chispa, pues contaba que estando San Pedro en una taberna rodeado de mujerzuelas, pasó Cristo y le preguntó:
> —¿Qué haces, Pedro?
> —Aquí, maestro, multiplicando— contestó el apóstol.
> —Pues acaba de multiplicar y vente. (*Anales,* I).

Éste ya es el tono de las *Tradiciones*. Palma comienza con una ceremonia, presenta a un personaje, se detiene en una anécdota y acaba en una broma irreverente. El fuego que achicharra, el no meterse en honduras, la regocijada chispa son expresiones coloquiales, de las que pueden encontrarse muchos ejemplos en los *Anales*. Unos franciscanos son condenados por requerir de amores a las mujeres que confesaban. "¡Vaya con los hijitos del seráfico!" exclama Palma (cap. II). Una bruja se servía de una clavija para sus maleficios y Palma hace ademán de santiguarse: "Líbrenos Dios de enclavijamientos y de mal de piedra" (cap. V). El demonio que adoraban unos herejes "en nuestro concepto estaría representado por una botella de lo *puro*" (cap. V). En fin, habría que citar íntegramente la historia de Ángela Carranza, mejor que muchos cuentos de las *Tradiciones,* en la que se dice, entre muchas otras cosas:

> Que intersándose ella con el Señor para que devolviese la salud a su confesor, y viéndolo indiferente a su ruego, le dijo:
>
> —A fe, Señor, que cuando Lope quiere, hace versos.
>
> Y que el Señor le respondió:
>
> —Ángela, muy letrada vienes.
>
> [...]
>
> Que el Señor le dijo:
>
> —Que los hombres eran como árboles, y las raíces sus cabellos.
>
> La beata le respondió que si las raíces eran los cabellos, por qué estaban hacia arriba, y que el Señor la riñó y poniéndole el dedo en la boca, le dijo:
>
> —¡Calla, filósofa! (cap. III).

Se comprende que Palma llegara a decir, en una edición de su libro, que "estos *Anales* [...] en puridad de verdad son también *Tradiciones*".

Monteagudo y Sánchez Carrión (1877) revela las serias deficiencias de Ricardo Palma en materia de investigación histórica. Para demostrar la tesis, por lo menos insólita, según la cual Sánchez Carrión hizo asesinar a Monteagudo y, a su vez, murió envenado por orden de Bolívar, Palma acude a vagas tradiciones orales, por no decir a rumores, así como al testimonio de algunos contemporáneos de los hechos, que podían ser de buena fe pero que no aportaban ni un asomo de prueba a la doble acusación. Es claro que se tomó libertades con personajes históricos, no en cuentos donde se deja andar a la imaginación, sino en un libro presentado como una versión objetiva de lo sucedido. Ante la reacción algo violenta que era de prever, Palma siguió convencido de que su error estaba en haber empañado la imagen tradicional de los próceres y no en su propia falta de método. En esto podía haber mucho de obstinado amor propio pero también se reconoce una ligereza invencible ante el oficio de historiador.

Los ataques contra *Monteagudo y Sánchez Carrión* no valían contra las *Tradiciones,* para las que Palma podía reclamar, con todo derecho, las libertades del autor de ficción, por más que se ocupase a veces de hechos o personajes histórícos. A partir de la segunda serie Palma se había inclinado del lado de la historia —de la divulgación histórica— y no de la fantasía, que debía servir sólo para atraer a los lectores e interesarlos por el pasado. En una ocasión parece proponer un verdadero manifiesto de literatura didáctica:

> Sea por la indolencia de los gobiernos en la conservación de los archivos, o por descuido de nuestros antepasados en no consignar los hechos, es innegable que hoy sería muy difícil escribir una historia cabal de la época de los virreyes. Los tiempos primitivos del imperio de los Incas, tras los que ésta la huella sangrienta de la conquista, han llegado hasta nosotros con fabulosos e inverosímiles colores. Parece que igual suerte espera a los tres siglos de la dominación española.
>
> Entretanto, toca a la juventud hacer algo para evitar que la tradición se pierda completamente. Por eso, en ella se fija nuestra atención, y para atraer la del pueblo, creemos útil adornar con las galas del romance toda tradición histórica [...]
>
> Un virrey y un arzobispo

Si hubiera que tomar esta declaración al pie de la letra, cabría suponer que Palma fue un historiador que acudió a la literatura para ganar lectores. Pero su obra lo contradice. Hemos visto que en los *Anales* y en *Monteagudo y Sánchez Carrión* el autor de imaginación tiende a predominar sobre el historiador, y en las *Tradiciones* es claro que la verdad histórica le interesa menos que la creación literaria, para la cual los hechos o personajes reales pueden ser el punto de partida. Su propósito de divulgación anima los "parrafillos históricos" pero no la parte narrativa de los cuentos. Es verdad que la historia inspira a Palma, y que los personajes que inventa no poseen, por regla general, la misma densidad de los que ha encontrado en libros y documentos; los más memorables se hallan en un terreno situado entre la historia y la literatura, y cuando se piensa en los habitantes del mundo de las *Tradiciones* se recuerda a Carbajal, el demonio de los Andes, al Príncipe de Esquilache, joven y poeta, por quien el autor confiesa su parcialidad, a Santa Rosa o San Martín de Porres o a caudillos republicanos. No obstante, lo importante en ellos no es tanto el dato histórico sino el elemento transformador: la imaginación de Palma, que obedece a sus propias leyes.

Para comprender mejor esas leyes y apreciar la manera como fue evolucionando la imaginación de Palma vale la pena empezar por los cuentos románticos que figuran en la primera serie de las *Tradiciones*. En "El Cristo de la Agonía", un pintor no consigue de su modelo la expresión que necesita para retratar a Jesús crucificado:

> De repente, Miguel de Santiago, con los ojos fuera de sus órbitas, erizado el cabello y lanzando una horrible imprecación atravesó con una lanza el costado del mancebo.
>
> [...]
>
> ¡El arte lo había arrastrado al crimen!

Se advierte en el acto que éstos no son el buen humor y la amable ironía que se admiran en Palma, sino un ambiente gótico en el que se representan escenas de horror —a decir verdad, un horror más bien folletinesco, que quizá él mismo no tomaba en serio. En "El Nazareno" y en "Justos y pecadores" los personajes a quienes todos creen santos dejan a su muerte un mensaje confesando haber sido criminales; uno de ellos había dado muerte a su enemigo y lo ha desenterrado para comerle el corazón. En "Mujer y tigre" y "Justos y pecadores", al igual que en varios relatos de la segunda serie ("Una vida por una honra", "La gatita de Mari Ramos que halaga con la cola y araña con las manos", "La emplazada") se reitera el tema de la venganza femenina: la mujer despechada mata o hace matar a quien la engañó. La crueldad erótica, que es sobre todo femenina —la venganza de los hombres es menos frecuente y sin detalles macabros— parece fascinar a Palma, que la explica por una maldad increíble o por la locura. Una mujer asesina a sus propios hijos ante los ojos de su seductor; otra condena a su amante, un esclavo, a perecer en una caldera de aceite hirviente:

—¡Insolente!— gritó furiosa la condesa, cruzando con un chicotillo el rostro del infeliz. —¡A la paila! ¡A la paila con él!

¡Horror!

Y el horrible mandato quedó cumplido en el acto.

La emplazada

Seducido por cierta literatura romántica, Palma ha querido tratar asuntos trágicos pero se ha quedado en la truculencia. A veces, como al comienzo de "Justos y pecadores" o "Mujer y tigre" el buen humor anuncia al Palma de la madurez, pero no tardan en llegar las escenas patéticas, los asesinatos, los cadáveres, comentados entre signos de exclamación ("¡Horror!", "¡El infeliz se había vuelto loco!"). Sin embargo, ya desde la primera serie Palma había ensayado en alguna ocasión un tono distinto y encontró en "Don Dimas de la Tijereta" los temas y el estilo que le convenían. Todavía ha de dudar y cuando describa situaciones de violencia podrá surgir otra vez el melodrama (como al final de "Amor de madre", en la segunda serie), pero estos arranques serán cada vez más excepcionales. En adelante, cuando se trate de estocadas o venganzas, Palma diluirá lo folletinesco con ironía; ni él ni sus lectores volverán a tomar en serio esos excesos. En "Una vida por una honra" una señora de Potosí le arranca el corazón a su marido y el autor lo comenta, como es su costumbre, pero ahora en un tono enteramente distinto: "¡Zambomba con las mujercitas de Potosí!". En "Cortar por lo sano", la tensión del crimen se relaja de inmediato con una observación burlona:

> Era el padre Gonzalo un clérigo joven, buen mozo, siempre limpio y atildado y que gozaba de fama de hábil predicador. Al verlo se sintió Corvalán como picado de víbora y desenvainando el cuchillo que traía al cinto lanzóse frenético sobre el sacerdote y le clavó diez y siete puñaladas.
>
> ¡Diez y siete puñaladas! Apuñalar es. No rebaja ni siquiera una el historiador Córdoba y Urrutia en sus *Tres épocas*.

Palma irá abandonando cada vez más estos temas. En algún momento se convence de que la visión romántica —o, si se quiere, la melodramática—no es la suya y elige su método, que consiste en eludir todo tema trágico o simplemente grave. El tono ligero, la actitud humorística o irónica, se afirman cada vez más, superada la primera época. "No es para nuestra antirromántica pluma pintar el dolor de Violante" (La monja de la llave) anuncia cuando se tropieza con una anécdota que podría prestarse a un desarrollo sentimental o quejumbroso. Esta actitud ha de llevarlo muy lejos. Palma excluye de sus cuentos el sufrimiento o pasa sobre él levemente, quiere ser amable y ameno a toda costa. En alguna ocasión lo reconoce de manera explícita y en esta declaración puede verse una de las claves de su obra:

> Los crueles expedientes de que se valían los traficantes de carne humana para completar en las costas de Africa el cargamento de sus buques, y la manera bárbara como después eran tratados los infelices negros no son asuntos para artículos del carácter ligero de mis *Tradiciones*.
>
> El rey del monte

"No son asuntos para artículos del carácter ligero de mis *Tradiciones*". Las limitaciones que él mismo se ha fijado dan seguramente a la obra de Ricardo Palma el encanto que le ha hecho ganar tantos lectores, pero también lo hace perder espléndidas oportunidades. Al negarse a ver la tragedia en el pasado peruano pierde también mucho de su poesía. Sin duda no es posible decir, como sin embargo se ha dicho más de una vez, que una obra que comienza por excluir el sufrimiento es, además de literatura, verdadera historia.

Ciertos asuntos, y cierta manera de tratarlos, se ajustaban cabalmente a la versión alegre y superficial de la realidad a la que decidió ceñirse Palma así como a su estilo alegre y dicharachero: el costumbrismo. Cuando Palma escribe sus *Tradiciones* se imponía en el Perú esa tendencia, con su mezcla de burla prudente —el término "sátira" parece casi siempre excesivo— y de nostalgia. Los "artículos de carácter ligero", buena definición de las *Tradiciones* ofrecida por el propio Palma, no son propios para la historia del Perú, tan llena de dolor y explotación, pero sí para el costumbrismo, "historia menuda y eventual" según José Miguel Oviedo. Palma fue el mayor de nuestros costumbristas y las páginas que escribió sobre los usos de Lima (como la digresión sobre los pregones antes mencionada) se cuentan entre las mejores de su obra. Sus admiradores pueden ir más lejos y decir que su jugada maestra fue unir el costumbrismo y la historia. También se puede pensar que esa actitud entraña necesariamente una falsificación.

Veáse, por ejemplo, la manera como presenta a uno de sus personajes más famosos, el conquistador Francisco de Carbajal. "En 'El demonio de los Andes' —señala Riva Agüero, gran admirador de Palma—, lo que nos atrae no es la épica fiereza de las contiendas entre los conquistadores, la tragedia de las desmandadas voluntades o el bizarro bullir de las lides en las fragosidades del Perú inmenso, sino los gracejos y chistes con que condimentaba sus atroces ejecuciones Francisco de Carbajal". Justamente, pero si en los libros de Palma nos atraen esos gracejos y chistes es porque el autor ha insistido en ellos y los ha destacado sobre los demás elementos. Otro escritor, de visión más amplia, con más sentido de la épica o de la tragedia, nos hubiera dado un Carbajal muy distinto. Esto no es una simple hipótesis porque ese otro Carbajal existe, retratado por el Inca Garcilaso en el libro V de la *Historia General*. Garcilaso tiene su propio sentido del humor y sabe contar como nadie una buena anécdota; en sus páginas hallamos los lances de Carbajal, aunque con la honrada advertencia de que muchas veces se trata de invenciones de los enemigos del conquistador, los mismos que luego recogerá Palma, ofreciéndolos siempre como moneda contante y sonante. El Carbajal de las *Tradiciones* es un personaje cómico a pesar de su crueldad, de un humor siniestro; el Carbajal de la *Historia General* es mucho más que eso, tiene también una dimensión grave, no sin cierta nobleza. La mente de Garcilaso, más compleja e interesante que la de Palma, es capaz de abarcar al mismo tiempo los distintos aspectos de una personalidad. Un examen de los textos lo hará ver con toda claridad. Sea la muerte de Carbajal que Palma cuenta en "El demonio de los Andes":

> Cuando lo colocaron en un cesto arrastrado por dos mulas para sacarlo al suplicio, soltó una carcajada y se puso a cantar:
>
> ¡Qué fortuna! Niño en cuna
> viejo en cuna ¡Qué fortuna!
>
> Durante el trayecto, la muchedumbre quería arrebatar al condenado y hacerlo pedazos. Carbajal, haciendo ostentación de sangre fría, dijo:
>
> —¡Ea señores, paso franco! No hay que arremolinarse y dejar hacer a la justicia.
>
> Y en el momento en que el verdugo Juan Enríquez se preparaba para despachar a la víctima, ésta le dijo sonriendo:
>
> —Hermano Juan, trátame como de sastre a sastre.
>
> Carbajal fue ajusticiado en el mismo campo de batalla el 10 de abril, a la edad de ochenta y cuatro años.

Ésta es la ejecución de Carbajal contada por el Inca Garcilaso en el capítulo 40 del libro V de la *Historia General:*

> Al fin salió, y a la puerta de la tienda lo metieron en una petaca, que ya en otra parte dijimos como son, en lugar de serón y lo cosieron, que no le quedó fuera más de la cabeza y ataron el serón a dos acémilas para que lo llevasen arrastrando. A dos o tres pasos, los primeros que las acémilas dieron, dió Carvajal con el rostro en el suelo; y alzando la cabeza como pudo, dijo a los que estaban en derredor: "Señores, miren vuesas mercedes que soy cristiano". Aún no lo había acabado de decir, cuando lo tenían en brazos levantado del suelo más de treinta soldados principales de los de Diego Centeno. A uno de ellos en particular le oí decir en este paso que cuando arremetió a tomar el serón pensaba que era de los primeros y que cuando llegó a meter el brazo debajo de él, lo halló todo ocupado y asió de uno de los brazos que habían llegado antes; y así lo llevaron en peso hasta el pie de la horca que le tenían hecha. Y que por el camino iba rezando en latín y por no entender este soldado latín no sabía lo que rezaba; y que dos clérigos sacerdotes que iban con él le decían de cuando en cuando: "Encomiéndese vuesa merced a Dios". Carvajal respondía: "Así lo hago, señor", y no decía otra palabra. De esta manera

llegaron al lugar donde lo ahorcaron y él recibió la muerte con toda humildad, sin hablar palabra ni hacer ademán alguno.

En Garcilaso la escena es grave, en Palma burlesca. Sentimos la emoción y la piedad de Garcilaso, que adopta un punto de vista indirecto, a través de un espectador, y acumula sabiamente detalles —el serón, las acémilas, los brazos de los soldados— para dar realidad a Carbajal y a su sufrimiento. En cambio Palma se distancia del personaje ("despachar a la víctima") y con su habitual falta de desarrollo nos muestra un títere. Los datos históricos son distintos. El Inca deja una impresión de verdad por su tono, por el testimonio que cita, porque suponemos que la hora de la muerte es grave, pero después de todo las cosas pudieron ocurrir como las cuenta Palma. Aquí nos referimos, sin embargo, al tratamiento literario y no a la exactitud histórica. Lo más probable es que Palma eligiese su versión no porque la creyese verdadera sino porque coincidía con su intención de escritor: quería lograr ciertos efectos, presentar al condenado que sube al cadalso entre bromas y carcajadas, ocultar con sus bromas la presencia intolerable de la muerte —sería curioso estudiar la idea de la muerte, la forma como se elude o disimula la idea de la muerte en las *Tradiciones*—, evitar a cualquier precio la tragedia.

Todo esto nos lleva a la actitud de Ricardo Palma ante el pasado. ¿Palma, el gran creador del mito de la Colonia, fue un nostálgico o, por el contrario, un liberal cuyo humorismo encubría una posición crítica? El problema, que es de importancia para definir su personalidad literaria y apreciar rectamente las *Tradiciones* ha sido muy discutido. Caben, por lo menos, tres hipótesis. La primera, como parece creerlo Riva Agüero (el Riva Agüero de 1933, no el del *Carácter de la literatura del Perú independiente*) es que Palma tuvo apego a los tiempos pasados y en particular al Virreinato, mientras que su liberalismo fue más bien superficial. "Los ataques de Palma a la clase aristocrática y privilegiada de la Colonia, no pasan de juguetones arañazos", mientras que su anticlericalismo, lejos de reflejar la actitud enérgica y razonada de un librepensador, es la manifestación de una antigua tradición literaria. Digamos que, en principio, cabe admitir esta interpretación aunque el propio Palma haya declarado explícitamente su liberalismo político, puesto que es posible que exista una contradicción entre las ideas que tiene o cree tener un escritor y la visión del mundo, más profunda y tal vez inconsciente, que propone su obra. La segunda tesis fue sugerida por Víctor Raúl Haya de la Torre y recogida y matizada por José Carlos Mariátegui y Luis Alberto Sánchez. Quizá no sea del todo sorprendente comprobar que si para Riva Agüero, reaccionario declarado, Palma no había sido un verdadero liberal aunque creyese serlo, para sus lectores de izquierda, admiradores no menos fervientes, el autor de las *Tradiciones* fue, aun reconociendo su amor por el pasado, lo que ahora se llamaría un progresista. Sus burlas zumbonas de la Colonia, aseguran, no son ciertamente una forma de nostalgia sino una crítica. En el fondo, no hay gran diferencia entre González Prada, que ataca con violencia a la sociedad peruana, y Palma, que la hostiga a alfilerazos. En fin, José Miguel Oviedo cree en una tercera posibilidad: "La sátira colonial lo dejaba, pues, a cubierto de toda sospecha: ni liberal intransigente ni enteramente retrógrado. Un término medio muy limeño, muy laxo. Reprimió su volterianismo y su furor masónico en estampas suavemente burlonas que no le exigían sostener ideológicamente nada".

Si acudimos a las *Tradiciones* no será fácil llegar a una conclusión. Leemos, por ejemplo, tratándose de las guerras civiles entre conquistadores: "Aquellos sí eran tiempos en los que para entrar en batalla se necesitaba tener gran corazón. Los combates terminaban cuerpo a cuerpo y el vigor, la destreza y lo levantado del ánimo decidían el éxito" (Los caballeros de la capa). Palma admira el valor físico donde lo encuentre y en otra parte dirá su entusiasmo por los militares de la Independencia: "¡Qué hombres, Cristo mío! ¡Qué hombres! Setenta minutos de batalla, casi toda cuerpo a cuerpo, empleando los patriotas el sable y la bayoneta más que el fusil" (Pan, queso y raspadura). Igual admiración por Salaverry, el caudillo romántico, y más cercana y conmovida ante Bolognesi, el héroe de la Guerra del Pacífico. A veces Palma se deja ganar por la idea convencional de que le han tocado malos tiempos, que su época es más interesada o insensible que las demás (idea que suele reaparecer en casi todas las épocas): "Hoy es el mercantilismo/la vida del pensamiento es/Dios el tanto por ciento/y su altar el egoísmo" (Carta tónico-biliosa a una amiga). En la añoranza puede haber un tono de burla, que al cabo se vuelve contra su propio tiempo:

> Cúponos en fortuna o en desgracia nacer en este siglo de carbón de piedra, tan dado al romanticismo de Víctor Hugo como poco amante del que se estilaba en los días de Don Pedro Calderón de la Barca. Y a fe que si ahora, cuando se escribe una relación de amores, precisamente han de entrar en ella puñal y veneno, en los benditos tiempos de la capa y espada, tiempos de babador y bombilla para la Humanidad, todo era serenatas y tal cual zurra a los alguaciles de la ronda. No embargante, si alguna vez relucía la fina hoja de Toledo era en caballeresca lid, y los desafíos se realizaban en apartado campo hasta teñirse en sangre el hierro.
>
> Parece que el romanticismo de nuestros abuelos no había descubierto que las más guapas armas para un combate son dos botellas de lo tinto, y el mejor palenque una buena mesa provista de suculento almuerzo con trufas, ancas de rana y pechuguillas de gorrión. ¡Qué atraso y qué tontuna de la gente! Hoy armamos un lance con el lucero del alba sobre la propiedad de una pirueta de *can-can,* y aunque *la sangre no llega al río,* convengamos en que esto es saber apreciar la negra honrilla, y que lo demás de nuestros abuelos era burbujas y chiribitas.
>
> El cigarrero de Huacho

Tampoco falta en las *Tradiciones* una nítida declaración de liberalismo, en la que el ataque anticlerical apenas si se halla disimulado por la ironía:

> ¡Vive Dios que aquéllos sí eran tiempos para la Iglesia! El pueblo, no contaminado aún por la impiedad, que al decir de mu-

chos avanza a pasos de gigante, creía entonces con la fe del carbonero. ¡Pícara sociedad que ha dado en la maldita fiebre de combatir las preocupaciones y errores del pasado! ¡Perversa raza humana, que tiende a la libertad y el progreso, y que en su roja bandera lleva impreso el imperativo de civilización. *¡Adelante! ¡Adelante!*

Un virrey y un arzobispo

Pero este arranque es excepcional. En otra parte la ironía parece volverse contra los liberales y no se habla de la bandera roja de la humanidad sino de la fatuidad de los escépticos:

> Entonces se creía. Para el bien y para el mal se buscaba ante todo la protección del cielo. Hoy hemos eliminado a Dios, porque nuestra fatuidad nos hace pensar que nos bastamos y nos sobramos para todo, y que Dios no pasa de ser un símbolo convencional para embaucar bobos y hacer a los frailes caldo gordo.
>
> ¡Es mucho cuento la ilustración de nuestro siglo, escéptico, materialista y volteriano!
>
> El tamborcito del pirata

Más vale admitir que Palma es ambiguo en sus profesiones de fe —si en realidad lo son esos textos— y que a fin de cuentas no dice gran cosa. Es preciso ir más a fondo para tratar de comprender el espíritu que anima las *Tradiciones*. Insistamos todavía en que nos referimos aquí a una obra literaria, no a su autor. Hay dos problemas distintos, el crítico y el biográfico. Las relaciones entre ambos son muy sutiles y no siempre puede explicarse la obra por la biografía. Más prudente seguir el camino contrario, tratar de comprender mejor al hombre valiéndonos de los libros que escribió. Lo primero será observar que, al leer las *Tradiciones* el autor parece ser un hombre de su tiempo y no un perpetuo nostálgico de otras épocas y tal vez ni siquiera un "palmista". El mundo de la Colonia era, o pretendía ser, jerárquico; la obra de Palma está animada por un sentimiento democrático, igualitario, se festeja en ella el irrespeto ante la autoridad. La Colonia fue de un catolicismo intransigente y Palma se complace en contar anécdotas anticlericales y hasta llega a cierta violencia cuando se encuentra con los jesuitas. No se trata tan sólo de ataques directos contra el clero, sino más bien de la atmósfera burlona en que aparece la Iglesia, cuyos representantes aparecen muchas veces interesados en el poder y los bienes de este mundo. Esa distancia frente a los religiosos y, en general, frente al mundo de la Colonia, robustece y da sabor a los libros de Palma. Los temas de las *Tradiciones* tratados con un auténtico espíritu conservador hubieran sido una literatura indigesta con muy pocos lectores. Dicho esto, es posible preguntarse si Palma el liberal no creó, tal vez sin darse cuenta, uno de los grandes mitos reaccionarios del Perú. Cabe distinguir aquí dos hechos distintos. El primero, propiamente literario, son las *Tradiciones* y se debe estudiar si justifican esta interpretación. El segundo es social: la acogida que tuvieron las *Tradiciones,* la función que han cumplido en la cultura peruana.

Volvamos a los elementos de la vida colonial que acabamos de mencionar: la religión y la idea de jerarquía. Hemos dicho que, al tratar motivos religiosos, Palma da muestras de ironía, pero también, hay que añadir ahora, de delicadeza y ternura. No es raro que entre los cuentos que prefieren sus admiradores figuren "El alacrán de Fray Gómez", "Los mosquitos de Santa Rosa" y "Los ratones de Fray Martín". Que Palma sonríe ante estas ingenuas milagrerías es indudable, pero encuentra en ellos poesía y, a pesar de su escepticismo, ésa es la sensación que comunica al lector. Aquí podría repetirse lo que Palma decía en otro contexto: al perder la ingenuidad hemos ganado en civilización pero nos hemos "despoetizado". Siempre la misma ambigüedad. Sus lectores católicos o conservadores pueden quedarse con la poesía y pasar por alto los comentarios irónicos. Más aún, pueden pensar que ese Palma que se complace en la fe ingenua, que tal vez quisiera creer, es más profundo que el liberal descreído. A su vez, los librepensadores habrán de preferir las ironías y se reirán para sus adentros de la gracia con que Palma describe la inocencia de los creyentes.

El tema de la jerarquía ha de llevarnos más lejos. Hemos reconocido el carácter democrático e igualitario de las *Tradiciones,* en las que es frecuente la falta de respeto por la autoridad, que se presenta como tanto más ridícula cuanto más se toma en serio y se rodea de solemnidades. Aunque ese famoso tono zumbón ante la autoridad existe en muchas partes, en Lima suele verse como característica de una forma propia de sociabilidad: el criollismo. Ante la rigidez oficial y ceremoniosa de la Colonia, brilla en las *Tradiciones* la chispa popular, que es sobre todo el talento del autor. No es, por cierto, que falte ingenio en el pueblo de Lima, pero tampoco es forzoso suponer que sea especialmente ingenioso; cabe observar que en las capitales los nativos suelen considerarse a sí mismos más graciosos y astutos que los provincianos y los extranjeros quienes, con curiosa falta de buen humor, no conocen tan bien los usos y expresiones locales. En todo caso los limeños se vieron retratados en las *Tradiciones,* en las que saludaron la apoteosis y la celebración del espíritu de la ciudad. Lo criollo es, más que uno de los temas de Palma —quizá, en última instancia su único tema— un elemento de su manera de ver el mundo y de su estilo. Si el criollismo se opone a una visión conservadora del Perú, tendría razón Haya de la Torre cuando afirma que Palma fue "tradicionista" pero no "tradicionalista", que el autor de las *Tradiciones* fue un adversario o un crítico de la tendencia reaccionaria. Pero ya Mariátegui, al tiempo que afirmaba la "filiación democrática" de Palma, marcaba con lucidez los límites del criollismo: "La sátira de las *Tradiciones* no cala muy hondo ni golpea muy fuerte; pero precisamente por esto, se identifica con el humor de un *demos* blando, sensual y azucarado. Lima no podía producir otra literatura. Las *Tradiciones* agotan sus posibilidades. A veces se exceden a sí mismas".

En efecto, el criollismo que es, entre otras cosas, falta de respeto por las instituciones, individualismo egoísta, sensualidad no muy refinada, rechazo de todo intento de grandeza, terror del ridículo, incumplimiento de la palabra empeñada (y cito al azar algunos de sus rasgos más notables, de los que no sería difícil encontrar ejemplos en las *Tradiciones*) fue quizá la expresión de un *demos* criollo como cree Mariátegui, pero expresión deformada por el colonialismo y el subdesarrollo. El criollismo no es la única manifestación de lo peruano, ni la más característica o la mejor. Para quedarnos en la literatura, nuestros mejores escritores no fueron "criollos" si por ese término entendemos la famosa picardía, con la gracia que a veces puede tener; no lo fueron Garcilaso, los hombres del Mercurio Peruano, González Prada, Eguren, Vallejo, Moro, Arguedas. El criollismo, lejos de ser natural al espíritu peruano (o limeño), no es sino una forma de conducta de algunos sectores, un tono que tal vez no empezó a ser dominante hasta el siglo XIX y que, en la medida en que el Perú llegue a estar fundado en la responsabilidad y la justicia, y no en la sorda lucha de egoísmos, tendrá que desaparecer. En todo caso el criollismo, que alimentó la tendencia costumbrista que encontró su mejor expresión en Ricardo Palma, languidece desde hace años y ahora anima sólo una parte muy secundaria de nuestra literatura.

Todavía cabe referirse a la relación entre las *Tradiciones* y sus lectores. Cuando Palma empezó a escribir, el ejercicio literario era en el Perú una forma de expansión juvenil o una actividad casi secreta de adultos dedicados a profesiones consideradas más serias. Caso curioso, tal vez único entre sus contemporáneos, Palma se siente con vocación literaria y decide además ser un profesional de la literatura. Nuestros románticos cantaban y se quejaban como si estuviesen solos, sin pensar en el público lector que, al parecer, habría de escucharlos, si los escuchaba, por accidente. Así sucedía, en efecto, puesto que los lectores solían ser aves casi tan raras como los poetas. Palma emprenderá resueltamente un camino distinto; pasada la juventud no quiere ser un poeta a quien la inspiración aleja de la sociedad, sino un escritor capaz de ganar y retener lectores. El lector siempre está presente en las *Tradiciones,* Palma se dirige a él constantemente y esos apartes son algo más que una convención literaria. Los románticos se dirigían a su amada, a Dios, al mar o a nadie en especial. Palma, en cambio, es capaz de anunciar que "si [...] esta conseja cae en gracia cuentos he de enjaretar a porrillo" (Don Dimas de la Tijereta), es decir, admite lealmente que el hecho de escribir libros depende en cierta medida de la acogida que le dispensen los lectores.

Ahora sabemos que al abandonar los modelos románticos y encontrar el tono y los temas que le convenían, Palma ganó la apuesta y se ganó un público. No disponemos de estadísticas que lo confirmen, pero sus obras son sin duda las que más se han vendido y leído en el Perú, por lo menos hasta mediados del presente siglo. No es raro encontrar las *Tradiciones* en hogares donde no hay otros libros; su éxito, por lo demás, trasciende la literatura, pues se han difundido en folletines, tiras cómicas, radioteatros y hasta en el cine, el mínimo cine peruano; algunas canciones de moda no son sino eco de sus temas. La obra de Palma se ha integrado durante generaciones al lenguaje y la mentalidad del Perú —por lo menos de Lima— y ha influido hasta en quienes se olvidaron de leerla. Términos como "colonia", "virreynato", "Lima de los virreyes", evocan de inmediato las imágenes propuestas por sus libros. Es posible hablar de un mito de la Colonia inventado en las *Tradiciones,* en virtud del cual muchos peruanos han creído conocer su propio pasado.

En el Perú, hasta entrado el siglo veinte, la obra literaria original sólo podía crearse al margen del público o contra él, pues nos faltaban lectores que la sustentaran. Para ganarse un público —propósito perfectamente justificable— Palma tuvo que acercarse demasiado a sus lectores, confundirse con ellos, halagarlos. Los limeños se reconocieron y creyeron reconocer a su ciudad en las *Tradiciones*. Pero la versión de Lima y de los limeños que ofrecía Palma no coincidía con la verdad histórica sino con la imagen en la que querían creer sus lectores: una imagen interesada y parcial, una falsificación. Sebastián Salazar Bondy ha estudiado certeramente las múltiples relaciones entre la "Arcadia colonial" y el criollismo y ha precisado sus raíces sociales, políticas y económicas. "No obstante su filiación liberal" dice Salazar Bondy en *Lima la horrible,* "Ricardo Palma resultó, enredado por su gracia, el más afortunado difusor de aquel estupefaciente literario". Las *Tradiciones* son, en efecto, un estupefaciente. Palma eligió el tono ligero que convenía a su temperamento, pero con este tono sólo podía tratar una parte superficial de la historia del Perú. Al suspender sus facultades críticas confirmó la visión complaciente que sus lectores tenían del pasado peruano y de la sociedad en que vivían, en la cual subsistían tantos y tan graves males heredados de la Colonia. Las *Tradiciones* no son una obra reaccionaria —lo reaccionario suele entrañar cierta rigidez, una resistencia malhumorada ante el cambio— pero sí una obra conformista.

LA LIMEÑA DE HENRY JAMES

[A DIFERENCIA del gran Melville, que estuvo unas semanas en nuestra ciudad y no la olvidó, en cuyos libros abundan las menciones del Perú, y aun de Lima y las limeñas (un solo ejemplo: "¡Qué cautivadora una dama peruana, meciéndose en su hamaca de pita de alegres colores y aspirando la fragancia de un buen cigarro!", *Typee,* XVII), Henry James no vino nunca a América Latina y creo que *Watch and Ward* es la única novela suya en que aparece uno de nuestros países. Nos asegura que el viaje de Roger, el protagonista, fue largo y variado, pero lo cierto es que casi su único incidente fue la visita a Lima donde, durante un instante, una limeña puso en peligro sus amores. Para escribir esta página el joven James debió inspirarse en el relato de un amigo suyo o en un libro de viajes (a los que era aficionado) o quizá en una alusión al Perú encontrada en sus lecturas francesas. Es de agradecer que no exagere el color local ni incurra en graves disparates, como otros autores de Limas imaginarias. Decir que Teresa es una dama española significa sólo que su familia era de origen español y ella una criolla; el uso debía ser común y también el amigo limeño le dirá a su visitante norteamericano: "ustedes los ingleses...". En la primera edición de la novela (1871) hay un detalle en el que se advierte cierto aire de realidad: "al terminar un día largo y caluroso, que dejara en Roger la fantasía enfermiza de una siesta interminable, agitada por una vaga confusión de sueños". Pensamos, en efecto, en nuestra siestas limeñas del verano, en el sopor de las tardes de horas espesas asediadas por el calor húmedo. Tal vez James se dijo que la siesta es un lugar demasiado común del tema sudamericano, pues suprimió esas líneas en la versión corregida de 1878 que hemos utilizado. Felizmente dejó la terraza, que debe ser el techo de la casa, uno de esos techos polvorientos de la antigua Lima, lugares misteriosos donde a veces ocurrían cosas. En cambio, el paisaje (el texto de 1871 decía: "la hermosa tierra") que bebe el fresco de la noche que cae es una linda observación pero podría aplicarse a cualquier país soleado. Si James hubiera estado en Lima, o consultado una imagen en un libro de estampas (como un grabado francés del siglo XIX que tengo colgado en mi cuarto, una vista desde el San Cristóbal con una palmera en primer plano, luego un Rímac extrañamente caudaloso y, al fondo, la ciudad en la dulce luz) habría sabido que de un techo limeño deben llamar la atención las torres y cúpulas de las iglesias, el cerro, quizá las huertas. En fin, la bella Teresita está retratada con economía y crueldad, como si James hubiese querido burlarse del mito de la limeña vivaz, inteligente y coqueta. La inteligencia de esta flor de la canela es de una exigüidad infantil (*the infantine rarity of her wits*) y, por si fuera poco, sus uñas no son impecables. ¡Qué curioso reparar en este último detalle, qué poco discreto mencionarlo! Teresita, ángel analfabeto, preciosura quieta y sonriente, no tiene coquetería alguna aunque, pensándolo bien, acaso su aparente inocencia sea una treta diabólica, el colmo de la coquetería, que estuvo a punto de dar resultado; tal vez Roger fuese más ingenuo de lo que parece. Para salir de dudas más vale leer la novela, que es la primera de su autor y, me temo, no de las mejores.]

Fue en Lima que las posibilidades de la pobre Norita sufrieron un eclipse momentáneo. Roger conoció en esa ciudad a una joven dama española cuya inocencia llena y rozagante le pareció divinamente amable. ¡Si la ignorancia es gracia, qué locura tan lamentable ser instruido! Había hecho la travesía de La Habana a Río en el mismo barco que el hermano de la muchacha, un mozo simpático a quien debió prometer que, al llegar a Lima, vendría a hospedarse en su casa. Cumpliendo esta promesa, Roger pasó tres semanas bajo el techo de su nuevo amigo en compañía de la preciosa Teresita, quien lo obligó a reflexionar con cierta intensidad. Lo sedujo sobre todo que, careciendo en absoluto de coquetería, la joven no hiciese el menor esfuerzo por despertar su interés. Tenía el encanto de la *naïveté* total y cierta dulzura mansa y espontánea —la dulzura de un ángel libre de reminiscencias mundanas— para no hablar de unos ojos profundos de color avellanado y de una cabellera de rizos tan negros que parecían azules. Apenas si era capaz de escribir su nombre y desde la penumbra estival de su inteligencia, resonante con cantos amorosos de pájaros, dejaba caer una sombra de desdén sobre el posible cambio de condición de Nora. Roger pensaba en Nora, por contraste, como una muñeca de lujo a la que se da cuerda con una llave, y cuyas virtudes hacen un tic-tic que es posible escuchar si se aguza el oído. ¿Para qué viajar tan lejos en busca de una esposa cuando aquí había encontrado una hecha a la medida de su corazón, analfabeta como un ángel y fiel como un paje de balada medieval, y con esas dos luces perpetuas de amor bajo la frentecita tonta?

Día tras día, Roger se sentía más satisfecho al lado de la linda peruana. ¡El presente era tan feliz, tan descansado, tan seguro! Protestaba contra el porvenir. Se impacientaba con la figurita rígida que había dispuesto a lo lejos para mirarlo fijamente con esos ojos claros y monstruosos, que parecían crecer y crecer mientras pensaba en ellos. En otras palabras, se había enamorado de Teresa. Ella, por su parte, encantada de que la quisieran, lo acariciaba con sus miradas oscuras y cariñosas y sonreía en constante asentimiento. Un día, al caer la tarde, subieron juntos a la terraza en lo alto de la casa. Acababa de ponerse el sol; el paisaje meridional bebía el fresco de la noche. Estuvieron un rato en silencio; por último, Roger sintió que debía hablar de amor. Se alejó al extremo de la terraza, tratando de encontrar las palabras justas. Era difícil dar con ellas. Su amiga hablaba un poco de inglés y él un poco de español pero, de pronto, lo poseyó la certeza desconcertante de que la inteligencia de la joven era de una exigüidad infantil. Nunca le había hecho el honor de lanzarle un piropo, en realidad no había hablado nunca con ella. ¡No le tocaba hablar a él, era ella quien debía darse cuenta de lo que ocurría! La muchacha se dio vuelta, apoyó la espalda en el parapeto de la terraza, y lo miró sonriendo. Siempre estaba sonriendo. Llevaba un viejo traje de mañana, de un rosado desvaído, con un gran escote y una cinta al cuello de la que colgaba una crucecita de turquesa. Una de sus trenzas se había soltado y la había llevado ante sí para volver a trenzarla con sus dedos blancos y bien torneados. No tenía las uñas escrupulosamente limpias. Fue hacia ella. Cuando volvió a cobrar perfecta conciencia de sus posiciones relativas, supo que la había besado tiernamente, más de una vez, y que ella había hecho algo más que permitírselo. Roger, ruborizándose, tomó las manos de la muchacha entre las suyas; ella no se había alterado, apenas si su sonrisa se había vuelto más honda; se había soltado la otra trenza. La dulzura de la joven lo llenaba de una sensación de placer, templada por un vago dolor ante su conquista demasiado fácil. ¡A la pobre Teresita bastaba con besarla! Recordó con una especie de horror que nunca le había dicho claramente que la quería. "Teresa", dijo, casi con cólera, "te quiero. ¿Me entiendes?". Por toda respuesta ella se llevó a los labios las manos de Roger, una tras otra. Poco más tarde se fue con su madre a la iglesia.

A la mañana siguiente, uno de los empleados de su amigo le trajo a Roger un paquete de cartas que le enviaba su banquero. Entre ellas había una nota de Nora que decía:

> Querido Roger: Tengo tantas ganas de contarte que he ganado un premio de piano. Espero que no te parezca una tontería escribirte tan lejos sólo para decirte esto, pero me siento tan orgullosa que quiero que lo sepas. De las tres chicas del concurso, dos tenían diecisiete años. El premio es un grabado precioso, "Mozart à Vienne", que debes haber visto. La señorita Murray dice que puedo colgarlo en mi dormitorio. Ahora me voy a seguir practicando, porque la señorita Murray dice que debo practicar más que nunca. Querido Roger, espero que estés disfrutando de tus viajes. Siguiéndote en el mapa he aprendido mucha geografía. No te olvides de tu afectuosa
>
> Nora

Tras leer esta carta, Roger le anunció al dueño de casa que

debía dejarlo. El joven peruano lo tomó a mal, se opuso, pidió explicaciones.

"Bueno", le dijo Roger, "me he dado cuenta de que estoy enamorado de su hermana". La palabras sonaron en sus oídos como si las hubiese dicho otra persona. La luz de Teresita se había apagado y su fascinación no era mayor a la de una lámpara todavía humeante que huele a petróleo.

"Mi querido amigo", le respondió el otro, "ésa me parece una razón para quedarse. Me dará mucho gusto tenerlo a usted por cuñado".

"¡Imposible! Estoy comprometido con una joven de mi país".

"Está usted enamorado aquí, prometido allá, y se va donde está prometido. ¡Ustedes los ingleses son gente muy rara!"

"Dígale a Teresa que la adoro pero que he empeñado mi palabra en mi país. Prefiero no volverla a ver".

Y Roger salió de Lima sin más comunión con Teresita. A su vuelta a casa recibió una carta del hermano, anunciándole que estaba prometida a un joven comerciante de Valparaíso, excelente partido. La muchacha le mandaba saludos. Roger, contestando a la carta de su amigo, rogó a doña Teresa que aceptase, como regalo de bodas, una insignificancia que le haría llegar —un pequeño prendedor de turquesa. ¡Iría muy bien con el rosado!

HOMENAJE AL BARNABUZ

Aquí va el Barnabuz
VALERY LARBAUD

EN EL Museo de Arte de Lima hay un cuadro grande, hermoso, ligeramente delirante, "Los funerales de Atahualpa" de Luis Montero, un pintor peruano del siglo pasado. No hay duda de que éste es el cuadro que inspiró el poema de A. O. Barnabooth, de título muy semejante, en el que está descrito. Por cierto que el epígrafe del poema viene de la relación de Pedro Pizarro y no de Oviedo, como consta por distracción o tal vez por error deliberado, pues al autor le gustaba trastocar las cartas de la erudición que jugaba tan sueltamente.

La muerte de Atahualpa

Pues el Atabalipa llorava y
dezia que no le matasen...
OVIEDO

Oh cuántas veces he pensado en esas lágrimas,
Esas lágrimas del supremo Inca del imperio ignorado
Tanto tiempo, sobre las altiplanicies, en las
lejanas riberas
Del Pacífico —esas lágrimas, pobres lágrimas
De ojos hinchados y enrojecidos que suplican
a Pizarro y Almagro.
He pensado en ellas muy niño, cuando me detenía
Largo rato en la penumbra de una galería, en Lima,
Ante ese cuadro histórico, oficial, aterrador.
En él se ve primero —hermoso estudio de desnudo
y expresión—
A las mujeres del Emperador americano, furiosas
De dolor, pidiendo que las maten, y luego
Rodeado de clérigos en sobrepelliz, cruces

Y cirios encendidos, no lejos de fray Vicente
de Valverde,
Atahualpa, acostado sobre la máquina horrible
E inexplicable del garrote, el oscuro torso
Desnudo, el rostro delgado visto de perfil,
Mientras a su lado los Conquistadores
Rezan, fervientes y feroces.
Esto forma parte de los crímenes extraños
de la Historia.
Rodeado por la majestad de las Leyes y los
esplendores de la Iglesia,
Tan prodigiosos de angustioso horror,
Que no es posible creer que no perduren
En alguna parte, más allá del mundo visible,
eternamente;
Y en el mismo cuadro subsisten tal vez
Siempre el mismo dolor, las mismas plegarias,
las mismas lágrimas,
Semejantes a los misteriosos designios del Señor.
Me es fácil imaginar en este momento
En que escribo solo, abandonado por los dioses
y los hombres,
En un apartamento completo del Sonora Palace Hotel
(Barrio llamado California),
Sí, imagino que en algún lugar del hotel
En una habitación a la luz deslumbrante de las
bombillas eléctricas,
Silenciosamente la misma escena terrible
—Esta escena de la historia nacional del Perú
Que allá, en nuestras escuelas, les meten
a los niños en la cabeza—
Se cumple exactamente
Como hace cuatrocientos años en Cajamarca.
¡Ah! ¡Qué nadie vaya a equivocarse de puerta!

Barnabooth es un poeta peruano y apócrifo inventado por Valery Larbaud. Había nacido en 1883 en la ciudad de Campamento, provincia de Arequipa, y pasó algunos años de su infancia en Lima, de los que recordaba sobre todo a las sirvientas que lo criaron ("Oh sirvientas de mi infancia, pienso en vosotras/Divinidades en el umbral de la casa profunda"), y más que a nadie a Lola, una vieja zamba que lo llamaba "Milordito". Siendo muy joven heredó de su padre una fortuna enorme, que dejó en manos de administradores, y se dedicó a viajar por Europa, a tener aventuras y a escribir. Al cabo de unos años renunció al mismo tiempo a la literatura (no escribio más), a los viajes (regresó al Perú) y a la soltería (se casó con Conchita Yarza). Sus obras completas son un cuento, un libro de poemas y un diario íntimo. En la primera edición (1908) se publicaron algunos materiales biográficos y críticos que no aparecieron en ediciones posteriores, aunque se recogen en un apéndice al volumen de *Obras* de Larbaud en la edición de La Pléiade. Como se ve, el nacimiento, la infancia, el matrimonio y la vuelta definitiva a la patria hacen a Barnabooth muy peruano, a pesar de su innegable cosmopolitismo, tan criticado en esos medios donde la palabra "cosmopolita" se pasea siempre dando el brazo a la palabra "decadente", de su inmoderado amor por Europa (no tan bien visto ahora como en otros tiempos) y de haber escrito en francés, aunque bien mirado se trata de rasgos muy peruanos, por lo menos de una forma de lo peruano, y no le han faltado precursores y sucesores entre sus compatriotas.

Barnabooth no es sudamericano por concesión que su autor haya hecho al exotismo, aunque en Francia y a comienzos de siglo nuestros países parecían exóticos, si bien es cierto que evocaban, más que un pasado legendario y mal conocido, las figuras contemporáneas de millonarios que, como Barnabooth, derrochaban sus fortunas en París. Para Larbaud los hispanoamericanos eran mucho más que eso; los había descubierto entre sus compañeros de estudio en el liceo y más tarde, en *Fermina Márquez,* trazaría con afectuosa admiración el retrato de esos muchachos inolvidables. Desde entonces fue un verdadero amigo de América Latina, uno de los pocos escritores franceses que han conocido nuestras literaturas, es decir, que no sólo han escrito sobre ellas sino que han llegado al extremo de leerlas. En uno de sus primeros artículos estudió la influencia francesa en las literaturas de lengua castellana y luego, a lo largo de los años, trató muchos temas hispanoamericanos: un comentario de la *María* de Jorge Isaacs, un prólogo a Alfonso Reyes, la recensión de uno de los primeros libros de Borges. Todavía sería posible recordar su amistad personal con muchos sudamericanos —sobre todo con Ricardo Güiraldes—, las colaboraciones, escritas en español, que enviaba a *La Nación* de Buenos Aires, las mil menciones y alusiones hechas en su obra a hombres y cosas de nuestro continente que, aunque gran viajero, no se decidió nunca a visitar.

Barnabooth fue, entre otras cosas, el doble sudamericano que Larbaud se había ido creando durante años de amistades y lecturas. A través de él podía afirmar, con arbitrario y soberbio vuelo crítico, que sólo los poetas cubanos son capaces de cantar el amor; gracias a él se inventaría recuerdos autobiográficos, como ese niño atónito que mira en la penumbra de una gelería limeña un cuadro trágico, el cuadro de Montero que Larbaud debió ver reproducido en una revista o un libro. Sería posible, desde luego, rastrear muchas otras fuentes americanas de Barnabooth. Como es natural, abundan los temas peruanos. El padre de Barnabooth, por ejemplo, aventurero norteamericano que gana en el Perú una fortuna incalculable, recuerda a Henry Meiggs, el audaz empresario de quien Larbaud puede muy bien haber oído hablar y sobre quien escribió González Prada unas páginas feroces. El título del poema "Yaraví" no alude tanto a las canciones andinas, como se dice en las notas de la edición de La Pléiade, cuanto a los poemas del mismo nombre escritos por Mariano Melgar y otros poetas arequipeños, paisanos de Barnabooth, que Larbaud había leído; lo prueba que recogiera en su poema un verso en español —"Ya que para mi no vives"— que es el primero de una composición, titulada también "Yaraví", de Manuel del Castillo. En cambio, el verso atribuido a Chocano —"Los cuernos del bisonte, las alas del cóndor"— parece otro error o broma de Larbaud, porque en español le falta una sílaba, a menos que la última palabra se lea como aguda, es decir, pronunciándola con acento francés.

Como puede advertirse, Barnabooth es una máscara pero una máscara que revela el rostro que oculta, mucho más que un títere provisto de tres o cuatro rasgos pintorescos. Para los propósitos de Larbaud era necesario que Barnabooth fuese hispanoamericano. En primer lugar, el autor se distanciaba así de su personaje; hablando por boca de un extranjero inteligente, y a veces insolente, podía decir muchas cosas, medio en broma medio en serio, burlarse un poco de sus contemporáneos (esos jóvenes "que simulan la locura con la esperanza de que nadie se dará cuenta que son idiotas") o aludir, en una especie de autobiografía discretamente indirecta, a la propia vida. Otras razones son más profundas. En Barnabooth reflejó Larbaud su curiosidad y su amor por Europa. Tal vez pensó que los europeos pertenecen no a todo el continente sino a un determinado país, y antes de ser europeos son ingleses, franceses o alemanes; en cambio la libertad de los americanos frente al pasado les permite abarcar muchos países y pasar de uno a otro; en cierta forma los verdaderos europeos somos nosotros, los americanos. La eficacia, la necesidad de Barnabooth consiste en que, siendo un americano, puede apreciar y amar Europa en conjunto, desde fuera, con el placer vivaz de un recién llegado. El origen de Barnabooth tiene una función precisa, aunque éste no sea sino uno de los aspectos de la novela (los poemas, el cuento y el diario forman una novela, de curiosa estructura). Los hispanoamericanos podemos quedarnos con ese aspecto, ver en Barnabooth un paisano nuestro en Europa a comienzos de siglo: será una lectura parcial del libro, una de las muchas lecturas válidas.

Como ejercicio de crítica no estaría mal pensar diez minutos en lo que significarían los poemas de Barnabooth si hubiesen sido escritos, no por un autor francés, amigo y conocedor de nuestra cultura, sino por un sudamericano inserto en nuestra tradición, en pugna con ella. El constante viajar por países y por idiomas que emprende Barnabooth, su gran apetito, casi glotonería, de historia, arte, literatura, y también de cosas frívolas y hermosas, ropa cortada en Londres, joyas de París, olorosos artículos de cuero florentinos, es un primer movimiento de libertad americana frente al pasado europeo, un episodio en la "búsqueda de nuestra expresión". Ahora tendemos a pensar en el lado en sombra de esa experiencia, en la miseria que enviaba puntualmente a Europa las rentas para que disfrutasen unos cuantos millonarios. Vale la pena señalar que ese aspecto no falta en Barnabooth; por el contrario, uno de los temas centrales es la inquietud que despierta la propia riqueza ante la presencia o la simple evocación de los pobres. Barnabooth se presenta como un hombre a quien "el sentimiento de la injusticia social/Y de la miseria del mundo/Ha vuelto completamente loco". En un poema suprimido después de la primera edición, se inviste de su condición de explotador: "Allá lejos mis obreros están hundidos en el guano hasta el cuello, ¡cochinos!/Ganándome este dinero/Rutilante que yo gasto con manos limpias". El humor crispado, de provocación, malogra el poema. Larbaud debió retirarlo no por lo que tenía de agresivo sino porque no había alcanzado la expresión poética. Entre 1908, en que aparecen los poemas, y 1913, en que se publica el *Diario íntimo,* Barnabooth ha madurado algo, se ha vuelto menos agresivo, más sutil. Persiste en su manía adquisitiva pero ahora puede decir;

> [...] "Los coloniales, nosotros los coloniales". (Pues la fórmula "nosotros los americanos", más vale confesarlo de una vez, no significa gran cosa). *Soy un colonial.* Europa no me acepta; en ella no seré nunca sino un turista. Y este es el secreto de mis cóleras.

Aquí se toca un punto sensible; aunque apócrifas, estas líneas podrían citarse en una historia de nuestra cultura. No se usarían ahora las mismas palabras, pero no hay que olvidar que Barnabooth aparece y desaparece antes de la Primera Guerra Mundial. Muchos de nuestros escritores fueron, en efecto, coloniales —en la acepción a que apunta Barnabooth, no en el sentido actual de la palabra—. Ante esa situación, quizá inevitable, de nada valían las declaraciones puramente verbales de independencia. Si desde entonces —y aun desde antes— hemos ganado terreno, ha sido gracias a una asimilación y una creación constantes. Es difícil distinguir entre estos dos elementos, pero Barnabooth podría servir de ejemplo de ambos, al igual que algunos de sus contemporáneos, el gran Darío, por ejemplo, que también recorrió, absorbió e inventó por esos años una Europa de la imaginación.

Por último, nos interesa en Barnabooth el final casi secreto, la vuelta al Perú. En su decisión de aceptar la responsabilidad puede verse tal vez, más que otra cosa, un acto de individualismo, muy de época, cuyo alcance no se debe exagerar. Lo perdemos de vista para siempre cuando está a punto de embarcarse, pero nos gusta imaginar que llegó al Perú como pensaba, que conversó de poesía con José María Eguren, que podía estar vivo ahora. Tendría casi noventa años.

CHOCANO Y LUIS ALBERTO SÁNCHEZ

En "Aladino", la biografía de José Santos Chocano que ha escrito Luis Alberto Sánchez, no sólo es interesante el tema sino también el autor; tanto como los resultados de la investigación, la investigación misma. ¿Por qué escribió Sánchez esta biografía? La historia es antigua y está contada en el mismo libro, aunque a veces sea preciso leer entre líneas. Comienza antes del nacimiento de Sánchez, cuyo padre fue compañero de escuela y amigo de Chocano. Sigue en los primeros años del siglo, durante la infancia y la adolescencia de Sánchez, quien creció y empezó a leer en un ambiente en que el autor de *Alma América* parecía ser, más que un poeta, la poesía. El joven escritor no podía escapar a la admiración unánime y el *Libro de la coronación* (1922) contiene un homenaje suyo. Chocano y Sánchez, el poeta consagrado y el joven crítico, hubieran podido ser amigos pero las circunstancias los alejaron. Sánchez firmó el documento público de adhesión a Vasconcelos cuando éste fue atacado por Chocano; otro de los firmantes fue el joven escritor Edwin Elmore, a quien la polémica habría de costar la vida. Había comenzado la declinación de Chocano, cada vez más exasperado e intolerante; su despecho aumentaba a medida que se iba quedando solo. El día del asesinato de Elmore cruzó a Luis Alberto Sánchez en la calle y lo miró orgullosamente, con indignación o quizá con menosprecio. Cuando volvieron a verse, después de la tragedia, Chocano pareció esperar un saludo pero Sánchez lo miró despacio y pasó sin hacer un gesto, actitud explicable, pero de la que hoy se arrepiente realmente. Su padre le reprochó esa *estupidez juvenil:* Chocano está caído, le dijo, y a los hombres caídos hay que darles la mano. Tal vez para Sánchez escribir este libro ha sido volver atrás, cambiar lo ocurrido una lejana mañana limeña y acercarse a saludar a Chocano cumpliendo el deseo de su padre, cuya presencia en estas páginas es tan breve y tan noble.

Años más tarde Chocano y Sánchez coincidieron en Santiago de Chile, aunque sin encontrarse. El poeta ya no volvería al Perú; Sánchez iniciaba su primer exilio. En sus viajes de desterrado pasaría muchas veces sobre las huellas de Chocano, que lo había precedido en Colombia, Guatemala y Puerto Rico. Así fue formándose, lenta y naturalmente, esta biografía.

Destinos opuestos pero hasta cierto punto paralelos los de Sánchez y Chocano. Este último nos deja la impresión de haber sido un hombre de acción fracasado: quiso ser político, diplomático, gran organizador, descubridor de tesoros y nunca logró lo que se proponía. La vida lo arrojó una y otra vez a su obra poética que le devolvió fielmente el prestigio y el dinero que malgastaba. Chocano se sirvió de su poesía pero no la sirvió; ésta es su falta más grave, el vicio fundamental que, a nuestro parecer, invalida la obra. Sánchez, en cambio, es un escritor nato, hombre de estudio y de cátedra que se comprometió en la política desde joven, y a quien tal elección arrancó de las bibliotecas para entregarlo a una vida agitada en la que defendió a brazo partido su vocación. Chocano prefería la acción a la poesía; Sánchez, obligado a la acción, instaló en medio de ella su ejercicio de escritor. Estas vidas, a primera vista semejantes por sus alternativas violentas y su falta de ocio, son en el fondo muy diversas. Tal vez ésta sea otra de las razones por las que confluyeron en *Aladino.*

Hemos dicho que Sánchez fue fervoroso lector juvenil de Chocano. Sin duda lo siguió siendo durante mucho tiempo, pues para compilar y editar una vasta obra poética y dedicar años enteros a investigar la vida de su autor hace falta sentir por ella una decidida afición. Pero la lectura de *Aladino* nos deja la impresión de que, a medida que avanzaba el trabajo, Chocano fue decepcionando a su viejo admirador; aunque Sánchez no lo diga, parece que, al ahondar en esta poesía, reconoció cada vez más en ella lo falso y lo inútil. Por eso nos señala muchas veces las caídas: *el machacante mal gusto, la excesiva pirotecnia, la hipertorfiada vanidad,* para citar sus términos duros y justos. Al final el juicio no es entusiasta; en la obra de Chocano que tuvo el éxito fácil, poco es lo que ha resistido al tiempo

Pero la piedad exige que salvemos del tiempo, si no las obras, al menos el recuerdo de los hombres, con su generosidad y sus defectos. El mayor triunfo de *Aladino* es entregarnos un personaje y una época, retratar unos años tejidos con la juventud del propio Sánchez. En una carta que le escribió sobre Chocano, un escritor venezolano termina diciendo: "No recuerdo fechas. Los contemporáneos que pueden darme noticias han muerto. No tengo a quién preguntarle nada". Éstas son las frases más trágicas del libro; quizá si la clave que Sánchez, con discreta elegancia, ha preferido dejar en boca de otro. Dicen que los libros se escriben para luchar contra el tiempo, que los escritores sienten la emoción de recobrar lo perdido. Sánchez sintió al escribir esa emoción, que es la que sustenta *Aladino.*

EL JOVEN VALDELOMAR

1888-1919: en las fechas del nacimiento y muerte está una de las claves de Abraham Valdelomar. Al morir tenía sólo 31 años, era poco más que un muchacho. Sin embargo, entre nosotros pasa por un clásico que hubiera completado una obra ejemplar. No se repara lo suficiente en su juventud, quizá porque en nuestro medio la literatura es una afición juvenil y la precocidad del escritor no la excepción sino la norma. Por razones económicas, la sociedad peruana no permitía a comienzos de siglo, como no permite ahora, la profesión literaria, la mayoría de los escritores suelen ser muy jóvenes y, al igual que Valdelomar, se ganan la vida en un oficio ajeno a la literatura: el periodismo, la enseñanza, un trabajo cualquiera que les deje tiempo para escribir. Otra razón para olvidar la juventud de Valdelomar: las imágenes que nos quedan de él, como las de casi todos los hombres de su generación, nos dan la impresión de un hombre mayor. En algunas épocas, como en la nuestra, la juventud impone su estilo y todos tratan de pasar por jóvenes. Basta un vistazo a una colección de fotografías de comienzos de siglo para comprobar que entonces ocurría lo contrario, los jóvenes imitaban la gravedad y el empaque de los hombres maduros. Sería posible estudiar lo que revelan las fotografías de los escritores: dime cómo te retratas y te diré quién eres y hasta lo que escribes. En nuestros días el escritor suele fotografiarse con el cuello abierto y la actitud desenvuelta, se elige la instantánea al aire libre, garantía de espontaneidad. En otros tiempos se preferían el cuello duro y la corbata, el cigarrillo humeante, el gesto elegante en la luz indirecta del estudio. Valdelomar insistía en sus rasgos exquisitos, reposados, adultos: los quevedos, ya anticuados por entonces, en los que acecha la mirada inteligente y un poco triste, la mano que se adelanta adornada por un grueso anillo —la mano que besa en el Palais Concert (orquesta de damas vienesas)—, ante un publico divertido o indignado, por haber escrito cosas tan bellas. Se había compuesto un personaje: firmaba sus crónicas "El Conde de Lemos" —no faltó quien le explicase que no tenía derecho al título—, fumaba opio y sobre todo se cuidaba de anunciarlo, decía frases de irritante esteticismo como "Ya comienzan a llegar hombres gordos. Me manchan el paisaje". Cuando alguien tenía la bondad de molestarse, Valdelomar había ganado la partida. ¿Un decadente? Todo lo contrario, un magnífico muchacho lleno de salud, uno de los pocos escritores con verdadero sentido del humor en una literatura de hombres angustiados. "La egolatría de Valdelomar era en gran parte humorística" ha dicho su amigo José Carlos Mariátegui. "Valdelomar decía en broma casi todas las cosas que el público tomaba en serio". El mismo Mariátegui cuenta:

> Una tarde, en el Palais Concert, Valdelomar me dijo: "Mariátegui, a la leve y fina libélula motejan aquí chupajeringa". Yo, tan decadente como él entonces, lo incité a reivindicar los nobles y ofendidos fueros de la libélula. Valdelomar pidió al mozo unas cuartillas. Y escribió sobre una mesa del café melifluamente rumoroso uno de sus "diálogos máximos". Su humorismo era así, inocente, infantil, lírico. Era la reacción de un alma afinada y pulcra contra la vulgaridad y la huachafería de un ambiente provinciano monótono. Le molestaban "los hombres gordos y borrachos", los prendedores de quinto de libra, los puños postizos y los zapatos con elástico

Admirador e imitador de Oscar Wilde, por supuesto —tanta admiración por Wilde puede ser indicio de falta de madurez—. Pero Valdelomar fue mucho más que su personaje, y ante todo uno de los protagonistas de la *belle époque* en el Perú. Está bien llamar a esos años con el término un poco absurdo y burlón de *belle époque,* como lo ha hecho Luis Alberto Sánchez en su excelente biografía de Valdelomar, porque en ellos hubo mucho de afrancesamiento, de fervorosa imitación de modelos europeos en medio de una prosperidad efímera y sin duda ficticia (del fenómeno es menos peruano que limeño, y aun de cierta clase social) aunque también es innegable que fueron años de felicidad fina y burguesa. La tensión social o política era mucho menor que treinta o cuarenta años más tarde; es la época de Billinghurst y Benavides, de la estrella ascendente de Leguía, pero lo político no la define y más vale decir: la época de una Lima anterior al crecimiento desordenado y al automóvil, la Lima de Valdelomar y el Palais Concert, de Tórtola Valencia, de Joselito y Belmonte, de las rimas de Yerovi y los artículos de Luis Fernán Cisneros, de jóvenes con sarita y una perla en la corbata, de muchachas pálidas de ojos grandes y quietos que nos miran desde viejas fotografías. Sobre el fondo conservador y un poco gazmoño de la ciudad, los jóvenes intelectuales parecen haberse divertido prodigiosamente. En 1917, para citar la anécdota más famosa, algunos de ellos tuvieron la original idea de llevar una noche a Norka Ruskaya, una bailarina de paso por Lima, a bailar en el cementerio la *Marcha Fúnebre* de Chopin. El cementerio, la noche, una bailarina europea de nombre tan sonoro, unos cuantos jóvenes que se sienten en la cumbre del refinamiento o, por lo menos, enteramente satisfechos con su propia audacia y falta de prejuicios. Para que no falte nada aparece de pronto el prefecto rodeado de policías, la bailarina acaba en la cárcel y al día siguiente se desata, como es debido, un escándalo gigantesco. "El Perú es Lima, Lima es el Jirón de la Unión, el Jirón de la Unión es el Palais Concert" dictaminaba Valdelomar. La frase parece ahora del todo gratuita, pues la inmigración provinciana ha trastocado los moldes tradicionales de Lima. Aun entonces el error debía ser palmario porque los verdaderos centros de poder se hallaban en otra parte. Sin embargo, como casi siempre, no le faltaba cierta razón a Valdelomar; el Palais, *su* Palais, fue el centro de una inteligencia, de un estilo que marcó la ciudad y tendría lejanos efectos insospechados; a la mesa de Valdelomar se sentaron Mariátegui y Vallejo. Valdelomar estaba lejos de lo que llegarían a ser sus jóvenes compañeros aunque su influencia sobre ellos no debe desestimarse, pues fue un gran incitador. No obstante, por más que gustase del placer de escandalizar, Valdelomar no fue un revolucionario ni un rebelde, no se oponía al medio, aceptaba sus valores, quería ser reconocido.

En Valdelomar la gastada paradoja de poner el genio en la vida y sólo el talento en la obra significa algo muy concreto: no se concentró en la literatura, dedicó muchas de sus energías a lograr un triunfo que debía ser también social y económico. No se vea en esto ningún propósito de disminuirlo. Era ambicioso, sin duda, pero de ambición desembozada y legítima; su buen humor, su vitalidad juvenil lo llevaba a inventarse personajes. Tenía un plan, debía verse, actor de sí mismo, como esos jóvenes de Balzac que llegan a París sin un céntimo pero llenos de voluntad y talento, decididos a que la sociedad los reconozca, a ser ricos y famosos. Valdelomar (cuenta Sánchez) le decía a Vasconcelos en un fumadero de opio, lugar adecuadamente dramático para tales expansiones:

> Estos pueblos, mi amigo, no nos merecen a los intelectuales. Dedíquese, mi amigo, como yo, a explotar burgueses. Esta sociedad de Lima... usted la ve, son unos burgueses sin gusto por el arte, la literatura; hay que educarlos... educar y explotar al burgués para que nos pague a los intelectuales el lujo a que tenemos derecho.

Esta visión del medio limeño, dicha con tan serio maquiavelismo, es de una ingenuidad encantadora. Valdelomar no explotó nunca a nadie, si acaso fue explotado, y su teoría del arte, los burgueses, los intelectuales y el lujo viene de libros europeos de escasa relación con el Perú. El tono de elegante cinismo no es raro en el ambiente de esos años. En 1910 Enrique Bustamante y Ballivián, buen poeta y buen amigo de Valdelomar, insultaba al público en el prólogo de su libro de poemas: "arrojo a los cerdos este ramo de rosas". El público no se ofendió, ni siquiera se dio por aludido por la sencilla razón de que no llegó a enterarse: los libros de poemas solían tener por únicos lectores a los amigos del autor. Todavía no ha nacido el poeta que explote a los burgueses peruanos. Valdelomar llegó a ganar cierto prestigio, despertó la admiración de algunos jóvenes, la curiosidad o el rencor de muchos, nada más. Si de verdad quería el dinero y el lujo, se equivocaba por completo dedicándose a las letras, y más le valiera dedicarse al comercio o la política, como se lo hubiera podido explicar cualquier limeño reacio al arte. A pesar de sus aires decadentes, de sus vicios proclamados, de sus frases irónicas, Valdelomar fue un hombre bueno que nunca hizo daño a nadie y es claro que tuvo esa cualidad preciosa que en Lima es mejor disimular: la inocencia.

Valdelomar no fue un ambicioso que finge una vocación artística; lo contrario más bien: un artista que se presentaba como un personaje capaz de "explotar a los burgueses". Si quería triunfar era en virtud de su vocación de escritor y en esto se revelaba su ingenuidad. En todo lo suyo, aun en los menos conseguido, se advierte su temperamento de artista, su amor a la belleza, su inquietud auténtica. En otro medio habría madurado más lentamente, no le habrían faltado maestros, críticos, lectores que lo exigiesen, orientasen y estimulasen. No sentía las carencias del ambiente; podía parecer distante o inconforme pero en realidad quería a Lima hondamente, como sólo deben haberla querido algunos provincianos, quizá porque les ha faltado tiempo para perder sus ilusiones (en un limeño de su generación, como Mariátegui, la actitud es muy distinta). Valdelomar creía en Lima y por eso soñaba con triunfar en ella; el viaje a Europa, como se advierte en sus cartas, fue en realidad una decepción, del que regresó muy pronto. Desde Roma se preocupa en presentarse a un concurso de cuentos y envía a un amigo instrucciones detalladas: si no gana el primer premio se debe retirar el texto sin que nadie lo sepa, pues una simple mención honrosa sería, por supuesto, una deshonra: curiosa manera de estar ausente. De vuelta en Lima, lo que escribe en periódicos y libros, las sesiones del Palais, las conferencias en provincias, que son de una generosidad y buena fe indudables, sus actos de provocación, sus proyectos —¿pensaba seriamente en una carrera política?— forman parte de una estrategia, pero es una desordenada estrategia vital no una estrategia literaria.

La presión del medio se advierte claramente en la personalidad literaria de Valdelomar. En primer lugar, como casi todos nuestros escritores jóvenes, debió formarse solo, al azar de sus lecturas, sin consejeros ni maestros. Al igual que sus contemporáneos sentía la atracción de la vida y la cultura europeas y esta afición fue quizá menos importante para el escritor que para uno de sus personajes públicos: el cosmopolita, el hombre al corriente de las letras y las artes. Más de una vez lo sorprendemos en la costumbre tan sudamericana, tan colonial, de citar escritores prestigiosos que no ha leído. En una entrevista de 1917 habla de sus escritores preferidos. Maeterlinck, Kempis, Pitágoras (¿Pitágoras?) y Kipling son los autores que lee según las estaciones. Admira también "el gran poema a lo Whitman, a lo Chocano; la fantasía a base de una profunda ciencia, como Wells". Añade que en ese momento está leyendo a Browning, aunque Sánchez lo duda porque sabía muy poco inglés. En estas listas de nombres tan dispares se adivina una formación no muy sólida, el deseo de impresionar y, lo que es más grave, cierta desorientación sobre sí mismo. Casi todos los nombres citados tienen muy escasa relación con el mejor Valdelomar, el autor de unos cuantos poemas y cuentos que guardamos en la memoria. Si pensó alguna vez en escribir poemas a la manera de Whitman o Chocano, cuentos como Kipling o Wells, fue una lástima porque perdió el tiempo. No se conocía a sí mismo, no se daba cuenta de que no se conocía y sus mejores páginas han sido logradas por intuición.

Eguren había escrito como si el público limeño, de tan limitado rigor crítico, no existiese; unos años más tarde, en *Trilce,* Vallejo rompería con el buen gusto y se encerraría en un hermetismo áspero. Valdelomar escribe casi siempre pensando en sus lectores: quiere seducirlos, y si a veces se burla de ellos y los irrita es para seducirlos mejor. Ésta será una de las razones de su falta de unidad. De un lado pretende ser un dandy, alejado de todo sentimiento de multitud, de otro un patriota que predica a los niños el amor a la bandera. Pasa con soltura del amoralismo refinado a la religión sencilla de la gente del campo. Escribe leyendas incaicas, cuentos satíricos o fantásticos, poemas que quieren ser modernos y a veces no pasan de ser (con cierto retraso) modernistas, una novela histórica, un libro sobre toros. Casi siempre fracasa, no por falta de talento sino por inmadurez. Comete los errores de muchos jóvenes que, con más tiempo y quizá menos talento que él, llegaron a ser buenos escritores: defectos y excesos de estructura (al mismo tiempo falta de desarrollo y deseo de decirlo todo, de no dejarse en el tintero ninguna idea o frase ingeniosa), influencias mal asimiladas, estilo que se mueve entre el efectismo esteticista —prosa cargada de lujos que entonces pasaba por buena literatura— y el descuido. *La ciudad de los tísicos* (1911) es un relato imaginado a través de lecturas, no de experiencias; el escritor está aprendiendo su oficio. Los personajes manchan de sangre sus pañuelos y fallecen antes de que el lector los conozca; tampoco parecen haber existido para Valdelomar, que dedica buena parte del relato a frases, que no llegan a ser teorías, sobre actitudes redondas y actitudes cuadradas o la significación de la curva y la recta o a citar las obras de arte que conoce, como la imagen de la muerte en una iglesia limeña, o las que no ha visto nunca, como lo que curiosamente llama la Victorie de Samotrace (¿ironía, confusión, una errata de la edición que tengo a mano, la de 1947?). En *La mariscala* (1915), esbozo de novela histórica, ni el ambiente ni los personajes están conseguidos; no es de extrañar que Valdelomar frecuentara entonces a Riva Agüero, que debió influir en él e interesarlo por la historia; esta vez parece que hubiera querido ser grave, cuando tal vez la imaginación hubiera salvado el libro. *Belmonte el trágico* (1918) es un largo ensayo de estética del toreo escrito por alguien que no sabe gran cosa de estética ni, según lo confiesa, de toros. Cabe preguntarse si en muchas de las disquisiciones solemnes no se esconde ese humorismo de cara impasible señalado por Mariátegui. El libro está malogrado desde un comienzo por una falsa profundidad, que impresionó tal vez a unos cuantos lectores, pero en la que al final se hunde la obra misma. Si Valdelomar lo escribió fue porque reiteraba su imagen de joven genial capaz de acertar a ciegas, que se salva siempre por el poder de su estilo, aunque tenga poco o nada que decir; caía en su propia trampa, tomaba en serio a su personaje. Ninguno de estos libros vale gran cosa, aunque en todos se defienden unas cuantas páginas, unas frases, por su misma presunción; es como oír hablar a un joven de arte y literatura, temas que todavía no conoce bien; habla de lo que no sabe, pero dice las cosas con gracia y de pronto comprendemos que, a pesar de sus disparates, no le falta sensibilidad e inteligencia, y sin duda resulta más interesante que ese otro muchacho, que no se arriesga ni se equivoca porque repite las opiniones razonables que hemos oído cien veces.

Gran parte de la obra de Valdelomar es más periodismo que literatura. Los *Cuentos chinos* (1915), por ejemplo, son artículos satíricos en que personajes y hechos de la actualidad están apenas disimulados para los lectores contemporáneos, y sin duda tuvieron un interés de actualidad que han perdido. Valen más las crónicas, escritas en una prosa limpia, con un marcado gusto de época, que debieron ser para sus lectores jóvenes una educación literaria. Sánchez, que fue uno de esos lectores, cita como "una maravillosa eclosión de adverbios y adjetivos: culminación de un estilo" el comienzo de una crónica de 1916:

> Durante las horas de estío, en los cementerios aldeanos, allí donde sepultan a los muertos bajo la tierra húmeda, en pleno regazo de la tierra, en el íntimo albergue de la naturaleza, cuando llueve, en la estación ubérrima y fecunda, sobre la estación florecida, bajo los constelados cielos del verano, suelen encenderse sobre las tumbas lucecillas precarias, breves y cambiantes, que los hombres llaman fuegos fatuos. [...] Luces raras que nacen en los camposantos, fuerzas que impulsa la muerte, colores vanos que alienta la forma corpórea corrompida, fuegos fatuos que surgen en mi espíritu sobre tantas ilusiones muertas: tales estos artículos breves y luminosos que te ofrezco, lector selecto.

La página está bien elegida y es característica de la manera de Valdelomar y de cierto periodismo artístico, por llamarlo de alguna manera, propio de esos años. Para juzgarla debidamente sería preciso leerla en su contexto, en medio del material que publicaban los periódicos limeños de 1916. Leyéndola por sí sola, no como periodismo sino como literatura, fuera de su ambiente y muchos años más tarde, más vale confesar que, con todas las circunstancias atenuantes, no llega a convencernos. El procedimiento es algo mecánico, el efecto general recargado. El culto de la naturaleza, las variaciones sobre la muerte como elementos metafóricos —cementerios aldeanos, fuegos fatuos, "forma corpórea corrompida"—, la leve presencia melancólica del autor (en mi espíritu sobre tantas ilusiones muertas") son motivos modernistas que se repetían desde años atrás. Valdelomar fue un hombre preocupado por la idea de la muerte, como después veremos, pero aquí no habla el poeta sino el periodista que, como ha contado Mariátegui, se hacía traer unas cuartillas y se ponía a escribir en su mesa del Palais. Notable facilidad, pero la facilidad ha sido siempre enemiga de nuestros escritores jóvenes, y Valdelomar era capaz de llegar mucho más alto. En suma, la página citada, como casi todas sus crónicas, adolece de un grave defecto, también de comienzos de siglo: el estilo entendido como decoración.

Al duro ambiente limeño Valdelomar opuso para defenderse una superficie bruñida de dandy; ese dandy escribió buena parte de la obra. Hay otro Valdelomar, el verdadero, el central, uno de nuestros más grandes escritores. Lo descubrimos en las cartas a la madre, en que depone todas sus defensas; volvemos a encontrarlo en sus mejores páginas, que están siempre dedicadas a su familia, al mundo de su infancia. Esos recuerdos —más que recuerdos, eran su intimidad, su ser mismo— conforman, en última instancia, su único tema.

> Mi infancia que fue dulce, serena, triste y sola
> se deslizó en la paz de una aldea lejana,
> entre el manso rumor con que muere una ola
> y el tañer doloroso de una vieja campana.

Dábame el mar la nota de su melancolía,
el cielo la serena quietud de su belleza,
los besos de mi madre una dulce alegría
y la muerte del sol una vaga tristeza.

En la mañana azul, al despertar sentía
el canto de las olas como una melodía
y luego el soplo denso, perfumado del mar;

y lo que él me dijera aún en mi alma persiste:
mi padre era callado y mi madre era triste
y la alegría nadie me la supo enseñar.

No hace falta recurrir a un análisis para notar de inmediato la diferencia entre este poema (o "El hermano ausente de la cena pascual", de tono muy semejante) y poemas como "Luna Park" o "Confiteor". No se trata de una diferencia técnica, eso no es lo importante; no es que los mejores poemas de Valdelomar fuesen más modernos que los otros, todo lo contrario. Eran los años de fines del modernismo y Valdelomar no fue un innovador, como lo sería poco más tarde César Vallejo. Si alguien dijera que el poema que acaba de leerse no es original pues no representa una ruptura con la poesía modernista, que en él se echa de menos una radical novedad, lo mejor sería aceptar la objeción encogiéndose de hombros, porque carece de sentido. Como todo poema está marcado por su época, como muy pocos tiene también algo de intemporal. Cuando Valdelomar hablaba de su infancia o de su familia le cambiaba la voz, trataba de su experiencia y no de sus lecturas o ejercicios de imitación; cuando se dirigía al público, estaba atento a los efectos que producía; por el contrario, sus mejores páginas están escritas como las cartas a su madre desde Roma, sin deliberación ni desconfianza. (Algo parecido se observa en Vallejo; los poemas de *Los heraldos negros* en que evoca a la familia son los mejores, y es muy posible que al escribirlos tuviese presente el ejemplo de Valdelomar.)

La misma frescura, el mismo aire tierno y contenido se hallarán en los mejores cuentos de *El Caballero Carmelo* (1915).

No es seguro que Valdelomar comprendiese lo que había conseguido. En una entrevista de 1918 dice, cabe esperar que por distracción o simple coquetería, que ese libro es el que menos vale de los suyos. Más grave resulta comprobar que en mucho de lo que escribió después, el ensayo sobre Belmonte, por ejemplo, vuelve a extraviarse en la literatura decorativa. A pesar de sus aires de artista premeditado, Valdelomar era un intuitivo; si en sus mejores páginas acertó con sus procedimientos fue porque había encontrado el tema que convenía a sus medios o —para emplear una frase usual, en el presente caso exacta— porque se había encontrado a sí mismo. Cualquier objeción que pueda hacerse, pequeños errores de exposición o carga argumental excesiva, tiende a desvanecerse porque el estilo, lejos de ser un adorno, es necesario. No hay en el poema antes citado ni en los mejores cuentos, para citar un aspecto antes mencionado en relación con las crónicas, una visión de la naturaleza aprendida en los libros: los besos de la madre "y luego el soplo denso, perfumado del mar" (seguramente uno de los más bellos versos de la poesía peruana) se integran en una experiencia íntima que no debe nada al vago panteísmo literario de la época. Valdelomar eludió los peligros que lo amenazaban porque eligió un punto de partida personal, el único en que se movía con verdadera seguridad. El predominio de lo autobiográfico suele ser otro signo de inmadurez, pero no en Valdelomar que asumió su juventud, no se presentó como más culto o refinado de lo que era, y obtuvo resultados espléndidos. En los cuentos está la hermosísima lección de cosas que el niño descubre en el mundo:

> Sobre la mesa estaba la alforja rebosante; sacaba él, uno a uno, los objetos que traía y los iba entregando a cada uno de nosotros. ¡Qué cosas tan ricas! ¡Por dónde había viajado! Quesos frescos y blancos, envueltos por la cintura con paja de cebada, de la Quebrada de Humay; chancacas hechas con cocos, nueces, maní y almendras; frijoles colados en sus redondas calabacitas, pintadas encima con un rectángulo del propio dulce, que indicaba la tapa, de Chincha Baja; bizcochuelos en sus cajas de papel, de yema de

huevo y harina de papas, leves, esponjosos, amarillos y dulces; santitos de "piedra de Guamanga" tallados en la feria serrana; cajas de manjar blanco, tejas rellenas y una traba de gallo con los colores blanco y rojo.

El Caballero Carmelo

Es notable cómo Valdelomar ha evitado en esta página caer en los excesos costumbristas o las tentaciones del color local. El secreto está en que lo importante no son las cosas descritas —con qué levedad—sino en la conciencia desde la cual narra Valdelomar, recreando al niño gozoso y asombrado, el pudor de la imaginación infantil para la que una simple mención puede ser poética y encierra promesas de una "admirable maravilla" (como el programa de circo, "con letras enormes y los artistas pintados", en "El vuelo de los cóndores"). Por supuesto, no es un niño el que escribe los cuentos, un niño no podría escribirlos. En el mejor Valdelomar se descubre siempre la tensión entre el mundo de la infancia y la visión del escritor, aquí dueño absoluto de sus medios. Sirvan de ejemplo dos páginas, tomadas de distintos cuentos, en las que no hay solución de continuidad —el tema es uno solo, la memoria—. En ambos ejemplos los recuerdos de la infancia son la materia del artista maduro.

Amanecía en Pisco, alegremente. A la agonía de las sombras nocturnas en el frescor del alba, en el radiante despertar del día, sentíamos los pasos de mi madre en el comedor, preparando el café para papá. Marchábase éste a la oficina. Despertaba ella a la criada, chirriaba la puerta de la calle con sus mohosos goznes; oíase el canto del gallo que era contestado a intervalos por todos los de la vecindad; sentíase el ruido del mar, el frescor de la mañana, la alegría sana de la vida. Después mi madre venía a nosotros, nos hacía rezar arrodillados en la cama con nuestras blancas camisas de dormir; vestíamos luego y, al concluir nuestro tocado, se anunciaba a lo lejos la voz del panadero. Llegaba éste a la puerta y saludaba. Era un viejo dulce y bueno, y hacía muchos años, al decir de mi madre, que llegaba todos los días, a la misma hora, con el pan calientito y apetitoso, montado en su burro, detrás de los dos "capachos" de acero, repletos de toda clase de pan: hogazas, pan francés, pan de mantecado, rosquillas...

El Caballero Carmelo

Levantábame después del beso de mi madre, apuraba el café humeante en la taza familiar, tomaba mi cartilla e íbame a la escuela, por la ribera. Ya en el puerto todo era luz y movimiento. La pesada locomotora, crepitante, recorría el muelle. Chirriaban como desperezándose los rieles enmohecidos, alistaban los pescadores sus botes, los fleteros empujaban sus carros en los cuales los fardos de algodón hacían pirámide, sonaba la alegre campana del "cochecito"; cruzaban en sus asnos pacientes y lanudos, sobre los hatos de alfalfa, verde y florecida de azul, las mozas del pueblo; llevaban otras en cestas de caña brava, la pesca de la víspera y los empleados, con sus gorritas blancas de viseras negras, entraban al resguardo de la capitanía, a la aduana y a la estación de ferrocarril. Volvía yo antes del mediodía de la escuela por la orilla cogiendo conchas, huesos de aves marinas, piedras de raro color, plumas de gaviota y yuyos que eran cintas multicolores y transparentes como vidrios ahumados que arrojaba el mar.

Los ojos de Judas

Un comentario a la acción como "la alegría sana de la vida" es excepcional; lo narrado se comenta a sí mismo. En cada frase sentimos al escritor atento a su oficio: en la distancia que se va ahondando en sonidos (el chirrido de la puerta —el canto del gallo, repetido— el ruido del mar); en la abstracción "Ya en el puerto todo era luz y movimiento", sabiamente intercalada en medio de una serie de cosas y acciones descritas con detenimiento; en la enumeración de los panes, que queda abierta como un recuerdo inasible; en las notas de color: alfalfa verde florecida de azul, gorritas blancas de viseras negras; en la sintaxis que se encrespa —Volvía yo antes del mediodía de la escuela por la orilla cogiendo conchas— antes de la imagen final, las cintas multicolores que el niño arroja al mar. Estos elementos recuerdan el gusto de comienzos de siglo pero sentimos el gusto de Valdelomar, no una imitación; las imágenes y las palabras valen por sí mismas, orientadas sin preciosismo en función del efecto general; todo está bañado en una misma luz, todo tiende a un fin y se halla sometido a un propósito.

Algo más nos toca en estos cuentos porque conocemos el trágico fin de Valdelomar, muerto en plena juventud. En algunos de sus textos las alusiones a la muerte no pasan de ser un tema literario; en los cuentos la muerte es algo más, una presencia constante, el destino del protagonista, el niño atónito de Pisco a quien no enseñaron la alegría. El Caballero Carmelo, gallo invencible, muere a pesar del amor de los niños. Miss Orquídea, la pequeña artista de circo, "cogió mal el trapecio, se soltó a destiempo, titubeó un poco, dio un grito profundo, horrible, pavoroso y cayó como una avecilla herida en el vuelo". El final de "Los ojos de Judas" nos conmueve porque comunica un antiguo terror de infancia, un presentimiento de Valdelomar; sentimos el terror del niño y la desolación del padre que no puede proteger a su hijo ante la revelación:

> Vi un grupo de hombres todos mojados, con la cabeza inclinada teniendo en la mano sus sombreros, silenciosos, rodeando el cadáver vestido de blanco, que estaba en el suelo. Vi las telas destrozadas y el cuerpo casi desnudo de una mujer. Fue una horrible visión que no olvido nunca. La cabeza echada hacia atrás, cubierto el rostro con el cabello desgreñado. Un hombre de esos se inclinó, descubrió la cara y entonces tuve la más horrible sensación de mi vida. Di un grito extraño, inconsciente y me abracé a las piernas de mi padre. [...] Padre me cogió como loco, me apretó contra su pecho [...]

Estamos lejos de los ejercicios de estilo, de las elucubraciones de vaga filosofía, de la literatura de adorno. Como en todas las páginas auténticas, un hombre habla hondamente y no hay diferencia entre la literatura verdadera y la vida. Aun si no hubiera escrito ese puñado de sus mejores cuentos y poemas, Abraham Valdelomar hubiera sido entre nosotros una leyenda recordada y querida por su figura de joven brillante, por su bondad, su ironía, su gracia, su simpatía irresistible. En las mismas obras que hemos criticado antes, sin concesiones a defectos que son más de la época y del medio que del joven autor (y de los que sin duda habría acabado por librarse), Valdelomar representa un momento de nuestra evolución, la expresión de una época desaparecida. Se podría decir: no es mucho, no tuvo tiempo para más. Lo extraordinario es que este muchacho enamorado del arte y la poesía fue, alguna vez, un artista y un poeta; este escritor, casi siempre disperso y apresurado, dejó unas cuantas páginas en las que se sobrevive.

EL ESTILO, ARMA DEL CONOCIMIENTO

En Raúl Porras Barrenechea, como en todos los verdaderos escritores, la forma no se distingue del fondo. Escribir bien no fue para él recurrir a unas cuantas técnicas que hicieran más grata la lectura sino algo inseparable de su labor de historiador. Léase el retrato de Rodrigo Orgóñez, tratamiento literario de un personaje y presentación histórica impecable, páginas que son buena historia porque son buena literatura y dejan en el lector la impresión de que no hubiera sido posible escribirlas de otra manera con igual eficacia. Estamos acostumbrados a pensar en ciertos recursos narrativos asociados a la literatura y aquí los encontramos al servicio de la historia. El estilo, arma del conocimiento. Con los mismos materiales X hubiera escrito un ejercicio retórico, Y un cuentecito imitado de Palma, Z un artículo de enciclopedia lleno de informaciones inútiles. Alerta y riguroso en la investigación, Porras construye una biografía sustentada en los documentos y la imaginación viene a darle el soplo de vida. Nadie más lejos de la historia novelada, que suele ser mala historia y pésima novela. No se diga que hace literatura con la historia, sino historia de la mejor, que es algo más que el acopio de datos, que justifica y a veces exige, el uso de instrumentos literarios. Porras no inventa: es capaz de ver intensamente con la mirada profunda del visionario. En la vida de Orgóñez el momento central no será ninguna de sus aventuras, ni la muerte en el campo de batalla, sino la entrevista con el hidalgo que quizá fue su padre, cuyo nombre le permitiría ocultar su origen humilde y ganar honra. Ante nosotros echa a andar el personaje, comprendemos mejor a otros como él, desesperados que pasaron a las Indias donde cada uno podía volver a nacer hijo de sus obras. Porras ha sabido verlo y, sobre todo, mostrarlo con mano maestra, destacando el detalle plástico, cargado de significación, que otro hubiera pasado por alto. Imaginación suntuosa la suya, con ese sentido del color que reconocía en el cronista Gutiérrez de Santa Clara. El encuentro en la ermita de los Mártires, cerca de Oropesa, se presenta como un cuadro. En el centro se yergue la figura del protagonista. "Viste ropa de terciopelo negro y en las mangas una llama de oro, toca de plata, anillo de oro y espada de vaina de terciopelo con un cordón de seda". La llama de oro, ávida y fugaz sobre fondo negro, es el signo nítido de un destino. Al final leemos —reiteración del tema, eco apagado— que Orgóñez se vistió de gala para hacerse matar en la batalla de las Salinas.

Todavía un ejemplo, de los que podrían citarse muchos. Porras retrata al cronista Diego de Trujillo en la vejez del Cuzco, contando sus recuerdos después del Angelus, "en las puertas auspiciosas de los solares castellanos, revestidos de piedras incaicas". Había nacido en 1502 en Trujillo de Extremadura; fue de los primeros compañeros de Francisco Pizarro; estuvo en las jornadas de Coaque, Santa Elena, Puná y en la de Cajamarca, el día fuerte que los españoles se apoderaron de Atahualpa; en 1534 fue a España pero debió sentir nostalgia y en 1543 regresó al Perú, donde combatió en las guerras civiles. Un resumen tan escueto no hace justicia a la abundancia y precisión de datos, que supone una larga investigación. Lo extraordinario, la marca del escritor que nos interesa señalar, es la última frase de la biografía: "Debió morir en 1576, cuarenta y dos años después de haber entrado en la ciudad imperial con las tropas de Pizarro y de haber llegado lanza en mano al templo del sol de donde el Villac Umu salió airado y les dijo: "¡Cómo entráis aquí!". Porras ha evocado antes algunas escenas de la vida de Trujillo pero guarda sabiamente para el final este grito que nos queda resonando en la memoria. El momento decisivo no define al conquistador oscuro, que aparece más pequeño que la propia vida, abrumado por la historia, sino algo mayor y más terrible. La intuición de escritor ha llevado a Raúl Porras muy lejos; el gran hispanista ofrece un símbolo clarísimo de lo que fue la con-

quista del Perú: irrupción de hombres armados en un templo, transgresión irreparable de lo sagrado.

Como muchos jóvenes de talento, Porras Barrenechea había comenzado su carrera de escritor en varios campos a un tiempo y, durante los primeros años, fue crítico literario, historiador, autor de crónicas periodísticas. Más tarde debió ser decisivo el encuentro con José de la Riva Agüero, quien lo confirmó en su vocación por la historia. Durante los años treinta, Porras se centró en el estudio de la Conquista y, más precisamente, en las fuentes; aspira a sentar las bases documentales que luego él mismo habrá de utilizar en una obra ambiciosa, una biografía de Francisco Pizarro. El joven, que podía haber sido un diletante, acaba por convertirse en un especialista, el mejor en su terreno. Ha dejado la literatura pero seguirá siendo un escritor, hasta en los trabajos más técnicos. No falta quien se olvide de leer las notas en sus ediciones de los cronistas, creyéndolas de mera erudición; se equivoca, pues (aparte de que la erudición puede tener un sabor acre y sustancial, gustoso a paladares expertos) entre ellas se encuentran páginas que, reunidas y publicadas de otra manera, conformarían un excelente libro de ensayos; retratos de personajes, análisis de textos, ironías polémicas. La prosa se va haciendo más grave a medida que Porras se acerca a las posiciones ideológicas de Riva Agüero, su "caudillo espiritual" (todo esto dicho aquí, por necesidad, muy rápidamente, sin formular un juicio, sin atender a circunstancias y matices). Léase el discurso pronunciado en el homenaje de la Academia Peruana de la Lengua a Pizarro (1941). Nunca estuvo Porras tan cerca de Riva Agüero en el ánimo y el estilo. Es el Porras de la primera madurez, el hispanista combativo, el último conquistador, como se le llamaba a veces con ironía y con un poco (nada más que un poco) de verdad.

Preferimos al otro, al Porras de los últimos años, que comienzan en 1949 a su regreso a Lima, después de renunciar a la embajada de España. Cambió su vida, fueron cambiando seguramente algunas de sus ideas. Mantuvo una lealtad apasionada a la memoria de Riva Agüero pero fue haciéndose más liberal; quizá le interesaban un poco menos los conquistadores y un poco más el Inca Garcilaso. Ejerció con brillo y abnegación la docencia universitaria; escuchaba a los jóvenes —lo cual es más raro de lo que pudiera creerse— y tal vez los jóvenes influyeron en él. Vivía rodeado de amigos, discípulos y libros; fue gran maestro en el arte desaparecido de la conversación, todavía viven en Lima muchos de sus interlocutores y aún está muy verde su memoria. No sabía negarse si le pedían una conferencia, dejaba pasar el tiempo y luego escribía a vuelapluma con letra redonda, clara y menuda; solía rematar las últimas frases unas horas o minutos antes de subir a la tribuna. No se ocupaba gran cosa en publicar o difundir su obra, que en gran parte sigue desperdigada en folletos y periódicos de difícil acceso. No acabó nunca la biografía de Pizarro a la que dedicara tantos años; lo que se ha publicado después son los materiales para un libro, ante los cuales seguía dudando. Acaso no pensaba ya de la misma manera, acaso —en realidad es lo mismo— no se sentía satisfecho con el estilo que en otro tiempo había sido el suyo. Aunque ese libro contiene páginas magníficas, es posible pensar que no le faltaba razón y que la capacidad de criticarse a sí mismo fue otra de sus cualidades. Alcanzó a terminar, en cambio, *Los cronistas del Perú,* su obra maestra. Es el igual del Inca Garcilaso y de Riva Agüero; como ellos, escritor e historiador, autor de uno de los libros indispensables de la cultura peruana.

Era hombre discreto y secreto pero no faltan en su obra momentos de revelación personal. A veces la confidencia es indirecta, casi involuntaria. Quiere ponernos ante los ojos el pueblo natal de Sánchez Carrión y termina diciendo: "El resto, lo que alegra el alma de sus tres mil habitantes y les compensa la pena de vivir, es la austeridad petrificada de sus montañas, el aire puro, el cielo azul impenetrable". Las imágenes evocan, en efecto, un pueblo de la sierra peruana, pero esa pena de vivir que adivina en los pobladores, ese cielo que nada responde a la interrogación, hacen pensar en la tristeza del propio Raúl Porras. En la conferencia sobre

Luciano Benjamín Cisneros hay un aparte autobiográfico y un recuerdo conmovedor, cuando habla de "la tumba de mi padre, en un rincón proscrito del cementerio limeño, ante la cual aprendí, junto con el orgullo doliente de la casta, la imposibilidad de perdonar". El padre había muerto en un duelo; la tragedia enlutó la infancia y quizá la vida entera de Porras quien, como el rey rubio y de gentil aspecto del *Purgatorio,* muestra aquí la herida que lleva en lo alto del pecho, siempre abierta. En fin, a la muerte de Ricardo Vegas García sintió que había perdido su mejor amigo y habló de un "atardecer sin esperanza" antes de concluir, con una imagen que recuerda su juventud: "habrán quedado desiertos algunos jardines del alma".

La presente antología es parcial y demasiado breve. Parcial, porque sólo recoge un aspecto de Raúl Porras Barrenechea, la expresión literaria en sus libros de historia y, aun con los mismos propósitos, otro lector podría reunir una enteramente distinta, tan valiosa y diversa es la obra. Demasiado breve, pues debe limitarse a algunos rasgos de estilo y prescindir de los que requieren la lectura de los textos completos para ser apreciados. No es posible, por ejemplo, dar una idea de la gradación de las conferencias, en que las dotes oratorias (cálida voz memorable que la emoción iba animando) realzaban la palabra escrita, ni de la estructura de *Los cronistas del Perú,* con el asunto principal en primer plano y los demás a los lados, magistralmente dispuestos: al estudio de las fuentes se añaden el cuadro de la época y sus personajes, el examen de los problemas que plantea su estudio, la crítica de las crónicas como género literario. Hemos intentado, por lo menos, recoger varios de los temas principales tratados por Porras: los conquistadores, los cronistas, el Inca Garcilaso; el Cuzco, Lima; algunas figuras de la República, como Sánchez Carrión, y otras asociadas a su vida, como Luciano Benjamín Cisneros, Riva Agüero, Vegas García.

MARTÍN ADÁN EN SU CASA DE CARTÓN

Narración que se interrumpe continuamente, personajes que a veces parecen servir sólo de sustento para los juegos de estilo, largo poema en prosa que vuelve siempre a un lugar, a un momento determinados, *La casa de cartón* escapa a un género preciso. Esto no es un elogio. Demasiado perezoso para escribir una obra de mayor aliento cuando una página suya lo distanciaba de casi toda la informe prosa peruana; poco interesado en plantearse claramente su responsabilidad social de escritor; ingenio sudamericano, dotado para la frase brillante, para el sueño breve, pero desprovisto de paciencia y disciplina, el escritor adolescente se contentó con esta pequeña perfección. Imaginar la novela que pudo ser este libro no sólo es inútil sino también un error: el temperamento, la situación de Martín Adán no eran los de un novelista. A pesar de ello, *La casa de cartón* ocupa un lugar importante en nuestra pobre literatura; en un medio en que la precocidad es una norma y donde casi todos los escritores están retirados a los treinta años, pocas veces se ha dado con tanta juventud tanta elegancia, tanto poder de expresión.

La casa de cartón se escribe en un momento fresco y creativo de la prosa del idioma. Es imposible tomar en serio las clasificaciones que proponen algunos profesores —vanguardismo, creacionismo, futurismo, ultraísmo— pero no cabe duda de que una cierta inocencia atraviesa una parte de la literatura de la época, una deliberada audacia en la invención de imágenes, un placer en introducir términos técnicos, científicos, insolentes. La generación de los años veinte sonreía ante los excesos de los modernistas pero hoy sus postes de luz eléctrica, sus aeroplanos, su helioterapia ("Las baldosas —sometidas a la helioterapia del mediodía...") nos recuerdan, tanto como los cisnes y las princesas, una época pasada.

A pesar de esos juegos que la envejecen, *La casa de cartón* ha resistido.

Alguien ha dicho que para elogiar un libro peruano hay que empezar por decir lo que no es. *La casa de cartón* se aproxima a la realidad peruana pero no es un libro "criollo". El criollismo ha sido muchas veces un pretexto para disimular la inepcia literaria, la vulgaridad. Los textos adornados de jerga, ostentosamente nacionales, se ocupan, por lo general, de temas superficiales que tratan de manera superficial. Si puede decirse que un libro es más o menos peruano que otro, *La casa de cartón* es más peruano que muchas obras costumbristas, en las que personajes conspicuamente limeños consumen pisco y bailan marineras en jaranas fantasmales; en la prosa, más literaria si se quiere —basta decir: mejor escrita— de Martín Adán reconocemos una realidad.

No cabe duda, sin embargo, de que existen en Lima más cantores y bailarines de marinera que jóvenes como el protagonista y narrador de *La casa de cartón*. El muchacho es culto, quizá pedante; en las primeras páginas del libro menciona a Giraudoux, Schopenhauer, Kempis, Nietzsche, Morand, Cendrars, Radiguet, nombres poco conocidos en Lima donde la lectura suele ser una extraña costumbre. Su actitud frente a la ciudad no es menos curiosa; tercamente se empeña en no amar —ni siquiera nombra— los valses criollos, las corridas de toros y el cebiche, y propone en cambio a nuestra admiración la niebla, los malecones, el aburrimiento (estos elementos son, tanto o más que los anteriores, propios de Lima). No obstante es ocioso discutir si Martín Adán quiere o no a su ciudad, la verdad es que pertenece a ella, es un producto de ella y desearía abandonarla, viajar. Viaja pero sólo en imaginación, en literatura. *La casa de cartón* está llena de paisajes imaginarios y, desde el obligatorio París hasta las tundras, figuran todos los lugares del exotismo, que atraen menos por sus imágenes entrevistas en un manual de geografía o en una novela que por sus bellos nombres: Dakar, Vladivostok, Montreal. También los extranjeros despiertan viva curiosidad y tal vez los únicos personajes con nombres completos son Herr

Oswald Teller y Miss Annie Doll. Citemos aun la ironía de Martín Adán como un elemento más bien raro en nuestras costumbres y en nuestra literatura. Si el ingenio limeño famoso (en Lima) existe, él es uno de sus representantes más finos. Una frase le basta para componer una caricatura ("Un viejo... dos viejos... Tres pierolistas") pero por lo general renuncia a triunfos tan fáciles y la ironía está diluida en el tono del libro, es una atmósfera más que un preciso lugar común.

Un lenguaje refinado, no la jerga; los libros, no la guitarra y el cajón; no la astucia criolla sino la ironía; la afición por el exotismo, no el orgullo patriótico: a primera vista *La casa de cartón* parece por completo extranjera. Sin embargo, esa vaga ciudad que presenta Martín Adán, esos personajes que a veces hablan como libros, son más reales que otras ciudades y otros peruanos de nuestra literatura. Es difícil saber lo que es Lima, ese organismo ahora enorme y complicado, pero seguramente no es una sucursal sudamericana de Sevilla, ni una ciudad virreinal, ni una capital de provincia norteamericana, con algunos suburbios de miseria y otros de lujo, ni una aldea, ni "una gran urbe moderna y enloquecedora". (Todas estas proposiciones cuentan con defensores. La Lima virreinal, por ejemplo, parece haber sido un sueño contagioso de Ricardo Palma. Esto no es decir nada contra su obra de escritor sino lo contrario; inventar unos libros es común, pero inventar una ciudad, el pasado de una ciudad, y convencer a sus habitantes de la verdad de esa invención, parece mucho más raro.) Un catálogo de tales mitos puede consultarse en el periodismo, la literatura, las canciones comerciales, la propaganda turística. Siempre ha sido más cómodo imitar las ciudades ajenas —de Palma, los costumbristas españoles o el cine neorrealista italiano— que descifrar el signo verdadero de Lima. Martín Adán no es un realista, pero el realismo no es la única vía a la realidad, y en *La casa de cartón* se descubren algunos aspectos de lo limeño que no existían o existían mediocremente en los libros. Su Lima se reduce a Barranco, un barrio algo alejado, junto al mar, y entonces un poco en decadencia, en esa situación estancada y triste que lo hace tan hermoso. Más aún, el Barranco de Martín Adán es limitado, el recorrido de un colegial ocioso y observador, solitario, tímido, callejero, que casi siempre debe contentarse con adivinar lo que hay detrás de las puertas cerradas, pero que sabe ver la gente, las cosas, el aire:

> Malecón con jardines antiguos de rosales débiles y palmeras enanas y sucias; un fox-terrier ladra al sol; la soledad de los ranchos se asoma a las ventanas a contemplar el mediodía; un obrero sin trabajo y luz del mar, húmeda y cálida.
>
> [...]
>
> Un gallinazo en el remate de un asta de bandera, es un pavezno —curva negrura y pico gris. Una vieja anduvo por el malecón sin rumbo, y después, dramática, se fue por no sé dónde. Un automóvil encendió un faro que reveló un cono de garúa. Nosotros sentimos frío en los párpados.
>
> [...]
>
> En las tardes, en las largas prenoches del invierno de Lima [...]

La ciudad no está vista desde fuera, no interesan las notas típicas que halagan la vanidad local. Sus elementos se funden en la sensibilidad del narrador, que filtra y transforma el ambiente que lo rodea. Martín Adán no se ha despojado de su piel para entrar en sus criaturas, definidas no en función de ellas mismas sino de quien las observa: beatas en el crepúsculo como fantasmas grises; el-inglés-que-pescaba-con-caña, una fofa estatua, una tentación de asesinar.

¿Quién es, después de todo, Martín Adán, autor y narrador de *La casa de cartón*? Un muchacho limeño de los años veinte a quien la vida no trajo grandes éxitos sociales, económicos, políticos; sólo un poeta, un escritor a salvo de la luz implacable de la publicidad. Sin biografía publicada, como casi todos los escritores peruanos, Martín Adán es el protagonista de una leyenda, que quienes empiezan a escribir en Lima conocen muy pronto: se habla de un joven de buena familia que cambió sus nombres respetables para firmar poemas. Algunos elementos de los primeros años de la leyenda constan en el prólogo que para *La casa de cartón* escribió Luis Alberto Sánchez:

> Rafael de la Fuente Benavides [...] un alumno demasiado ejemplar [...] Martín Adán, con ser distinto a Rafael de la Fuente Benavides, tiene de semejante con él el recato y el gesto modoso. De Proust aprendió quizá cierta delectación parsimoniosa en el escribir y de Joyce un acento delator de sacristía [...] Sigue siendo un aristócrata, un clerical a medias, un tipo de Joyce, medio Stephen Daedalus, aunque haga arte de vanguardia.

Los años veinte, Lima, lecturas de Joyce y Proust, un aristócrata, un artista de vanguardia, todo esto puede tener por resultado una gran soledad. Tanto Sánchez como José Carlos Mariátegui, que escribió el colofón del libro, insisten en una presentación social y política de Martín Adán, hijo de la alta burguesía civilista, definido por su filiación. La interpretación puede ser justa pero es incompleta. Partiendo de las mismas circunstancias el señor La Fuente Benavides pudo hacer una brillante carrera profesional, bancaria, ministerial, pero su sensibilidad le impidió aceptar el destino que le señalaba su nacimiento; de otra parte, su civilismo no le permitió la ruptura, no sólo rechazar sino oponerse a ese destino pasando a la solidaridad en la acción, como hicieron precisamente Sánchez o Mariátegui. Ni en su clase ni fuera de ella, Martín Adán quedó solo, indefenso frente a la sociedad. Un revolucionario o un burgués pueden admirar su obra pero, en última instancia, deben rechazarla porque les es ajena, el autor un hombre diferente a ellos. La soledad de Martín Adán está expresada en su libro de adolescente. La contradicción entre la sensibilidad y la posición social, entre al artista y el hijo de buena familia, determinan al narrador de *La casa de cartón*: un joven vanguardista nostálgico, con un gusto sudamericano y algo perverso por todo lo viejo y condenado a desaparecer. Barranco, la Bajada de los Baños, los ficus abrumados, la tristeza del barrio elegante al que abandonó la moda, corresponden a una parte de su espíritu. La otra parte es del poeta que quiere encontrar poesía en las máquinas, ser de su tiempo. Un civilista puro, del todo a gusto en Barranco, bien instalado en su melancolía, hubiese escrito a lo sumo unas cuantas páginas suspirantes; un puro vanguardista hubiera tomado el tranvía para el centro o, mejor aún, el barco para Europa. Martín Adán se aburre en Barranco, objeto de su amor y su ironía, pero se queda en él, deseando viajar.

> Empezaba a vivir... El servicio militar obligatorio... Una guerra posible... Los hijos, inevitables... La vejez... El trabajo de todos los días... Yo le soplé delicadamente consuelos pero no pude consolarlo; él jorobó las espaldas y arrojó la frente; sus codos se afirmaron en sus rodillas; él era un fracasado. ¡A los dieciséis años!

Fijado por la literatura, he aquí el momento en que nace la conciencia en un muchacho de la burguesía limeña; conciencia de una vida ante sí, posiblemente fácil y cómoda, pero hecha por los demás, vivida por los demás. El joven rebelde no quiere aceptar ese destino, pero se siente impotente para rechazarlo y construirse otro. No faltará quien encuentre el párrafo citado sentimental, ridículo, "literario", pero en Lima —y en todas partes— muchos adolescentes se han repetido iguales o parecidas palabras. La mayoría las ha olvidado, encogiéndose de hombros ha terminado por juzgar infantiles esas preocupaciones; otros no han logrado olvidarlas del todo y el recuerdo puede envenenarles su conformismo. Por último, hay quienes se niegan a aceptar un destino impuesto, afirman su libertad y eligen uno distinto; no siempre el éxito corona su rebeldía. No se trata de una situación propia de escritores y artistas, aunque en el Perú el conflicto se ha presentado a casi todos ellos, pues la sociedad no acepta su vocación; unos se exilaron por voluntad propia y otros vivieron siempre en el exilio, aun sin salir del Perú. Muchos adolescentes, después de decir palabras semejantes a las de Ramón, se han destruido. No basta decir que eran desequilibrados. *La casa de cartón* no es un juego de literatura pura.

Ramón, el amigo del narrador, no hace sino presentar el conflicto, aunque él se cree lúcido, ilusión suscitada por su propio lenguaje. En todo caso se reconoce distinto de los demás, de los señores que toman el sol y las viejas que van a la iglesia. Se siente, digámoslo de una vez, superior. Sabe que el camino que empieza con el servicio militar (por otra parte, simbólico, pues los jóvenes burgueses lo evitan), con el "buen matrimonio", acaba a los sesenta años con hijos, satisfacción de sí mismo y desprecio por todo lo que no sea el pequeño mundo de la renta. Aunque tenga que decirse que él no es un hombre como los demás, Ramón no quiere esto para sí:

> No estoy convencido de mi humanidad; no quiero ser como los otros. No quiero ser feliz con permiso de la policía.

Ramón no se atreverá a ser feliz sin ese permiso o contra la policía. La sociedad, al nutrirlo de su escepticismo, al dejarlo solo dentro de su clase, lo priva de la fe y la ambición que hubieran podido llevarlo a una vida independiente. Rechaza la existencia prudente y prevista, pero no puede ser, a su edad, un santo, un revolucionario, un libertino, un héroe, ni tampoco un conformista que acepte sin hacerse preguntas el destino que no ha elegido; es incapaz de dar el primer paso hacia esas formas, que imagina como estados y no como la consecuencia de una serie de actos. Quiere tan sólo:

> Ser feliz de una manera pequeña. Con dulzura, con esperanza, con insatisfacción, con limitación, con tiempo, con perfección.

Insatisfacción es la palabra clave. Ramón cree que toda satisfacción conduce a la muerte del espíritu. Se niega a la acción que la sociedad le propone (servicio militar—trabajo— matrimonio) y reinvindica la inacción, el puro deseo, vivo porque no satisfecho. Su amigo el narrador, su semejante, piensa decirle a la muchacha que quiere —pero no mucho, el amor es también una forma de fe, de elección, unos actos:

> Si ahora te raptara yo, tú me arrancarías mechones de cabellos y clamarías a las cosas indiferentes. Tú no lo harás. Yo no te raptaré

por nada en el mundo. Te necesito a ti para ir a tu lado deseando raptarte. ¡Ay del que realiza su deseo!

Con la voluntad inmóvil, los personajes de Martín Adán aspiran a ser una pura conciencia; son testigos del mundo pero se niegan a actuar sobre él para aprovecharlo o transformarlo. La creación poética es la única forma de acción que se permiten porque para ellos es gratuita, todavía no los obliga a sacrificar nada, no los compromete. Por eso los amigos inventan personajes, acontecimientos. Por eso las imágenes que designan el olor son constantes en todo el libro; el olor es el más pasivo de los sentidos, casi no hay vocabulario para designar sus sensaciones, para definir una sensación olfativa hay que crearla mediante una metáfora. Por eso, también, vuelve una y otra vez en *La casa de cartón* el exotismo, el ansia de escapar a un medio que condena a la impotencia, hasta el punto que se puede soñar con el viaje pero nunca realizarlo. Un personaje llega a París, vive tan vanamente como en Lima y un día se encuentra de regreso. El simple cambio de escenario no resuelve nada, pues el problema no está en el medio sino en las relaciones de. insatisfecho con el medio. No obstante, es una lástima que el joven autor no hiciera el viaje y se contentara sólo con imaginarlo. La distancia puede objetivar y transformar las relaciones; tal vez si, lejos de Lima, el viajero hubiera visto más claramente el lugar que quería o podía ocupar en ella. En verdad es vano y engañoso ese

> criollo y prematuro deseo de que Europa nos haga hombres, hombres de mujeres, hombres terribles y portugueses, hombres a lo Adolphe Menjou, con bigotito postizo y ayuda de cámara, con una sonrisa internacional y una docena de ademanes londinenses, con un peligro determinado y mil vicios inadvertibles, con dos Rolls Royce y una enfermedad alemana al hígado. Nada más.

Aquí la ironía no abre sino cierra las puertas. La posibilidad queda descartada porque Martín Adán se encarga de ridiculizarla. Plantearse la invitación en esos términos es falsificarla, aceptar la cobardía o la pereza de no viajar, sabiendo que si el cambio no obliga a la libertad, por lo menos puede enfrentarnos a ella sin escapatorias.

La ideología de la inacción no llega a ser una fe, no absorbe al sujeto. El narrador no actúa pero reemplaza, o intenta reemplazar, la acción por un continuo volverse sobre sí mismo, más próximo del narcisismo que del análisis. A veces llega a confundir la máscara con el rostro y se pregunta si su propia personalidad no es una invención suya, como ese personaje de quien no se sabe si existe o fue creado en una conversación. También el narrador podría ser sólo una serie de palabras:

Mi vida es una boca que habla, que come, que sonríe.

En *La casa de cartón* sobre todo habla; el libro no es sino un largo discurso. Esa duda —¿seré yo nada más que mis palabras? ¿me estaré inventando?— es contraria al texto antes citado en que Ramón se afirmaba distinto de los demás hombres. Si la vida del narrador es apenas su boca hablando, comiendo, sonriendo, todo puede ser un juego y él, a fin de cuentas, un hombre como los otros, un joven que juega a ser poeta pero volverá un día a la razón. Ramón ha dicho:

> Yo no soy un gran hombre —yo soy un hombre cualquiera que ensaya las grandes felicidades.

Llega un momento en que esos ensayos fatigan. Por lo demás, el narrador no se entrega por completo a ellos. Dedica una página a probar la identidad entre una inglesa y una jacarandá y concluye:

> Tú eres una cosa larga, nervuda, roja, movilísima, que lleva una Kodak al costado y hace preguntas de sabiduría, de inutilidad, de insensatez... Un jacarandá es un árbol solemne, anticuado, confidencial, expresivo, huachafo, recordador, tío. Tú casi una mujer; un jacarandá casi un hombre. Tú, humana a pesar de todo; él, árbol si nos dejamos de poesías.

Entre la poesía y la realidad el narrador no sabrá elegir. Cree que puede "dejarse de poesías", pero no se decide a aceptar la realidad que se le propone, o sea, la vida burguesa. A veces quisiera librarse de su conciencia:

> ¡Ah Catita, no leas libros tristes y los alegres tampoco los leas! No hay más alegría que la de ser un hoyito lleno de agua del mar en una playa, un hoyito que deshace el pleamar, un hoyito de agua del mar en que flota un barquito de papel.

Ésta es la gran tentación: renunciar; el círculo casi se cierra. La misma virtud transformadora del lenguaje, que en otro lugar hizo ridícula la posibilidad del viaje, dignifica aquí la pérdida de la conciencia. Dejarse vivir, ser un hoyito lleno de agua, no leer libros, parece indicar el desorden pasivo de una existencia de meras sensaciones pero también es una manera elegante de decir que más vale ser como los demás, olvidar toda inquietud, conseguir un trabajo.

El narrador no tomará una decisión. El final del libro lo deja frente a ella. La última frase señala el fin de la adolescencia:

> Ya se acabó el bochorno, el estarnos quietos, el fastidio encerrado, la sombra inevitable de esta misa de cuatro horas.

Antes Ramón ha muerto y para el narrador queda lo más difícil, hacerse un hombre. La obra admirable de Martín Adán, que ha vivido siempre solo, en peligro, leal a su poesía, es el resultado de su elección. En otro tiempo, el joven de *La casa de cartón* dudaba todavía pero, a diferencia de los otros personajes, seguía vivo, vivo gracias a la contradicción, al sufrimiento, al sueño:

> Ahora te pones sentimental. Es cordura ponerse sentimental si la vida se pone fea. Pero todavía es la tarde —una tarde matutina, ingenua, de manos frías, con trenzas de poniente, serena y continente como una esposa que tuviera los ojos de novia todavía, pero... Cuenta Lucho, cuentos de Quevedo, cópulas brutas, maridos súbitos, monjas sorprendidas, inglesas castas... Di lo que se te ocurra, juguemos al psicoanálisis, persigamos viejas, hagamos chistes...Todo menos morir.

REGRESO A "LAS MORADAS"

ALGUNAS revistas literarias tienen un carácter definido y son algo más que la suma de sus artículos. Se parecen a una obra de arte hecha de sutiles relaciones y equilibrios, a un libro con unidad propia y no al encuentro ocasional de páginas mejores o peores. *Las Moradas* es una de esas revistas. La colección consta sólo de ocho números (el último doble) aparecidos en Lima entre 1947 y 1949 pero sigue vigente, otra vez como un libro que no se agota con su publicación sino que permite y reclama nuevas lecturas, y muchos años más tarde descubre aún nuevos lectores que lo merecen.

La época en que se publicó *Las Moradas* era tal vez propicia. Terminada la guerra se reanudan las relaciones con Europa, en el Perú se vivía en un ambiente de cierto optimismo (al menos entre el 45 y el 48) y surgía una valiosa generación de escritores jóvenes. Sin embargo, aunque los tiempos pasados se empeñen en parecernos mejores, lo cierto es que todas las épocas ofrecen oportunidades que no siempre se aprovechan. Debemos *Las Moradas* a su director —sería mejor decir: su autor— Emilio Adolfo Westphalen. Hacer una revista exige muchas cualidades: capacidad de organización, don de amistad, distintas formas de inteligencia, que van del juicio crítico para elegir (y rechazar) textos al gusto por la tipografía y, en un medio como el nuestro, voluntad y perseverancia que no es exagerado llamar heroicas. Ni siquiera esto es suficiente, pues se requiere además otro talento raro, difícil de definir. Westphalen, que sin duda lo posee —prueba de ello es la reciente *Amaru* que tanto echamos de menos— revela que el secreto es una personalidad literaria cabal, una clara conciencia de la función de la cultura en una sociedad.

Las Moradas refleja, en efecto, la personalidad literaria de Westphalen. No hablo de lo que escribió en ella; sabemos que su discreción es excesiva (si esto es posible) y en su propia revista no encontramos tantas páginas suyas como quisiéramos; algunos ensayos y notas que debieran recogerse en libro, unas cuantas traducciones como la "Carta de Amor" de César Moro, quizá la más bella traducción de nuestra literatura. Pienso más bien en los elementos que influyeron en sus criterios de selección y que dieron un tono inconfundible a la revista, como su simpatía por los surrealistas que nos permitió leer, traducidos por él o por Moro —quien se hallaba en su espléndida madurez y fue colaborador fraternal de Westphalen en esta empresa— a autores de muy difícil acceso. (Me permito una anotación personal: he frecuentado después los libros de esos autores pero entre ellos Leonora Carrington sigue siendo para mí el descubrimiento maravilloso de un relato y las reproducciones de sus cuadros en *Las Moradas*, donde Moro la presentó con un homenaje cortés y poético: "Encantadora y adorable Leonora, nos inclinamos profundamente para dejarte pasar..."). Seguramente una de las afinidades de Westphalen con el surrealismo sea la alianza de la austeridad intelectual con el vivaz sentido de lo fantástico, que también se advierte en la revista: quiero recordar uno de los muchos ejemplos posibles, el ensayo de Víctor von Hagen sobre el conde Waldeck, que apareció acompañado de viejos grabados alucinantes. (Señalemos, siquiera de paso, lo bien elegido de las ilustraciones de *Las Moradas*, muchas veces inolvidables, en que también se adivina la mano de Westphalen.) Sin embargo, todo esto no es sino un primer elemento, uno de los más evidentes. Podrían elegirse otros pues el surrealismo no basta para definir a Westphalen, no es sino uno de los aspectos de su personalidad y al mencionarlo cabe añadir que su gusto nunca fue estrecho o sectario. Admiran lo vasto y profundo de sus conocimientos, su certera orientación en varias literaturas, su pericia de crítico de arte.

El rigor de *Las Moradas* fue tanto o más valioso que su amplitud. La colección es una antología de la literatura peruana de esos años; sin proponérselo, al elegir sus colaboradores, Westphalen establecía una escala de valores que obligaba a cada uno a dar lo mejor de sí mismo. Un rigor igual preside, naturalmente, la selección de textos extranjeros. Los lectores peruanos y aun de idioma español encontraron a varios autores excelentes traducidos por primera vez en las páginas de *Las Moradas*. Lo mejor sería limitarse a reproducir el índice de la revista pero me atrevo, en cambio, a señalar muy someramente lo que a mi juicio fue tendencia general suya, la visión de la cultura que de manera implícita proponía a sus lectores. En el Perú, en América, hemos oscilado muchas veces entre dos actitudes contrapuestas ante lo venido de fuera: la admiración rendida, el afán europeizante para el que todo hecho de cultura es artículo de importación, cuanto más reciente y relumbrante mejor y, de otro lado, la indiferencia agresiva, la actitud intransigente de quien estima ajeno cuanto se crea o se piensa fuera de nuestro medio. Éstos son, por supuesto, extremos pero sugieren un problema fundamental de nuestra cultura, de toda cultura, que es impertinente tratar en pocas líneas. Creo que la lección de *Las Moradas* estuvo en su respuesta a este problema (que tal vez tiene respuestas y no soluciones). En *Las Moradas* la preocupación por lo peruano y lo americano no fue un pretexto para la condescendencia, la curiosidad por lo extranjero no fue novelería. Al releerla se tiene la impresión de una revista que respeta a sus lectores y se niega a adularlos, que no incurre en un periodismo de la cultura más o menos hábil pero superficial y, en última instancia, inútil. Los trabajos de autores latinoamericanos o peruanos —unas páginas de Alfonso Reyes, un poema de Martín Adán o un ensayo histórico de Raúl Porras Barrenechea— tienen un alcance que no es meramente local (que los leyeran o no los extranjeros es asunto de ellos, no nuestro, y carece de importancia); los textos de escritores europeos —poemas de Reverdy o Péret, prosa de Emilio Cecchi— nos interesan aunque no traten de temas peruanos por la misma razón, que sólo cabe expresar aquí breve y torpemente: toda verdadera creación de cultura es universal. Vea el lector cómo en las páginas de *Las Moradas* estas palabras demasiado abstractas, desgastadas, cobran vida y sentido. Recordaré tan sólo dos casos concretos de la relación entre lo peruano y lo europeo, dos ejemplos en direcciones contrarias. El primero: Westphalen comenta en un ensayo una encuesta francesa sobre si debe tolerarse la obra de Kafka que algunos estiman negativa o deshumanizada; no se limita a una simple crónica sino que, a partir de las noticias, plantea la necesidad de que la creación sea libre, analiza la función del escritor y el artista, preocupaciones que ciertamente no son extrañas al Perú: un hecho del ambiente europeo sirve de punto de partida para una meditación que nos toca de cerca, aun sin mencionar de manera explícita la actualidad peruana. El segundo: el homenaje a Proust de los escritores peruanos, que ante una de las obras más altas de nuestro tiempo no guardan una actitud meramente pasiva sino acuden, convocados por la revista, con su aporte crítico. Saltemos los eslabones del razonamiento (¡a buen entendedor...!) y vengamos a la conclusión. Lejos de proponer a sus lectores el ejercicio intelectual entendido como evasión o juego, *Las Moradas* —y luego *Amaru*— los enfrentó a su responsabilidad, los enriqueció y los sigue enriqueciendo.

Apena pensar lo que hemos perdido, lo que pudo ser esta revista si hubiera durado muchos años gracias al apoyo a que tenía derecho pero no obtuvo en un ambiente que alienta tan poco toda auténtica empresa de cultura. Más vale recordar lo que debemos a su creador, celebrar aunque sea en unas líneas apresuradas e insuficientes como éstas, el triunfo admirable que significa *Las Moradas*, a las que regresamos una y otra vez, siempre con placer y provecho. Nada más grato y honroso para nosotros que confesar esta deuda y dar testimonio, en nombre de muchos, de nuestro reconocimiento y nuestra adhesión al maestro Westphalen.

LA AGONÍA DE RASU ÑITI

¿CÓMO decir en el breve espacio reservado a una nota la excelencia de *La agonía de Rasu Ñiti,* el relato que acaba de publicar José María Arguedas? Quienes leyeron *Los ríos profundos,* esa novela admirable, no necesitan recomendación alguna. Tal vez debamos comenzar por los errores evitados. El cuento tiene un tono objetivo, casi documental —para tomar del cine este término tan útil— pero se trata de una visión interna de la realidad de los indios peruanos, en la que está ausente esa deliberada morosidad en la descripción de costumbres y objetos que, empeñada en subrayar los elementos típicos, acaba por darnos una impresión falsa e impersonal, llena del color local de la propaganda turística. Por otra parte, no encontramos aquí la ingenuidad, muchas veces generosa, que exagera el horror o la placidez de la vida indígena y sacrifica la verdad a la propaganda; ni tampoco el error opuesto, que consiste no en someterse al tema sino en omitirlo casi enteramente, para caer en la exhibición formalista, repitiendo técnicas narrativas, más o menos difíciles e interesantes, que no surgen del relato mismo, que no son necesarias.

No quisiéramos dar la impresión de creer que el mérito de Arguedas está en ir por la mitad del camino, huyendo de los peligros en que otros han perecido, siguiendo los ejemplos prestigiosos. Lo primero que se advierte en él es que no sigue a nadie. Su literatura es algo más que un ejercicio elegante; al leerlo sentimos que la obra se halla respaldada por la experiencia, por toda la persona del creador. Un escritor auténtico no puede hacer otra cosa y nada hay más arriesgado.

Arguedas no escribe para jugar con las palabras y no decir nada, ni tampoco para difundir una causa, por noble que sea. Hay en su obra una protesta constante ante la condición del indio peruano, perseguido y explotado. Pero Arguedas no practica el patetismo, su fin no es provocar en el lector la indignación o la pena. Para él la injusticia es una parte de la realidad, tan existente como los hombres o la naturaleza, y en consecuencia un elemento del relato y no la conclusión que debe probarse. Sabemos que esa injusticia puede y debe abolirse y la protesta surge, naturalmente, en nosotros mismos. En este cuento, por ejemplo, hay una rápida mención del explotador. Alguien pregunta a Rasu Ñiti si el Wamani, su espíritu protector al que la muerte próxima hace oír todas las cosas, oye también el galope del caballo del patrón.

> —Sí oye— contestó el bailarín, a pesar que la muchacha había pronunciado las palabras en voz bajísima. —¡Sí oye! También lo que las patas de ese caballo han matado. La porquería que ha salpicado sobre ti. Oye también el crecimiento de nuestro dios que va a tragar los ojos de ese caballo. Del patrón no. ¡Sin el caballo él es sólo excremento de borrego!

Eso es todo. Quizá otro escritor habría hecho más nítida la imagen del patrón, nos habría descrito sus rasgos, sus abusos. Las frases que hemos citado, leves y terribles, son suficientes, y lo más importante es que no están agregadas al relato. En todas las páginas, aun sin ser mencionado, está presente el odiado patrón blanco. Un hombre explotado no sufre momentáneamente unos actos injustos para luego, pasado el mal rato, volver a ser igual a los demás. La explotación es humillante y profunda, cambia el sabor de toda la vida. Un hombre o un pueblo explotados se quiebran o resisten, pero viven en una tensión sin descanso, la tensión que anima la obra de Arguedas. La obstinada conservación de las antiguas costumbres, la vigencia de los mitos, el nombre secreto junto al nombre cristiano, el contacto íntimo y purísimo con la naturaleza de que nos hablan estas páginas, son las afirmaciones de un pueblo perseguido en el que, a pesar de todo, subsiste un espíritu indomable. *La agonía de Rasu Ñiti*, gracias al poder de la creación artística, expresa esa realidad. Lo que Arguedas no tiene necesidad de mencionar, los cuatro siglos de dominación que no han bastado para acabar con hombres como Rasu Ñiti ni para extinguir su danza, es lo que da al relato una dimensión trágica. El final de la historia, en que un joven baila junto al cadáver del maestro, y en él algo indestructible continúa y renace, nos dice claramente el amor y la fe de José María Arguedas.

En el Perú, donde muchas veces quienes imitaban formas vacías y académicas pasaron por estilistas, no es extraño que la originalidad de Arguedas, uno de nuestros mayores escritores, no haya sido reconocida como merece. ¿Qué importa? Su obra es de las que quedarán. En él son inseparables el estilo y el fondo, lo dicho y la manera de decir. Arguedas ha enriquecido nuestra literatura con algunos de sus más bellos libros y nuestro idioma con su sutil movimiento sintáctico, con el aire de su frase y cierta sobria y contenida ternura. Su prosa, cada una de sus imágenes, trae a nosotros la música de un país mucho tiempo silencioso, la voz de un pueblo que no queríamos o no podíamos oír:

> En el corredor, amarrados de los maderos del techo, colgaban racimos de maíz de colores. Ni la nieve, ni la tierra blanca de los caminos, ni la arena del río, ni el vuelo feliz de las parvadas de palomas en las cosechas, ni el corazón de un becerro que juega, tenían la apariencia, la lozanía, la gloria de esos racimos.

LA POESÍA DE SEBASTIÁN SALAZAR BONDY

No nos dejamos llevar por el afecto y la admiración cuando decimos que Sebastián Salazar Bondy es irremplazable, que su muerte nos ha privado de la más necesaria de las presencias en nuestro ambiente intelectual. Salazar no sólo era uno de nuestros primeros escritores, autor de una de las obras más importantes y diversas de la actual literatura peruana, sino también nuestro gran animador. No se puede escribir en el Perú sin deberle algo porque él cambió en nuestro país la condición del escritor. Su ejemplo de vigor y honradez ya era mucho, y todavía más su actitud generosa y cordial en el trato de todos los días. En medio de la apatía general fue la energía estimulante. Abrumado de trabajo —entre tantos aficionados supo ser un verdadero profesional, celoso de la dignidad de la profesión literaria— encontraba siempre tiempo y voluntad para ayudar a los demás. Quienes tuvimos la fortuna de ser sus amigos no olvidaremos nunca su calor humano, su gracia que tanto nos alegraba y asistía, la calidad extraordinaria de quien era capaz de "resplandecer como una lámpara humana que comunica su lumbre".

Lo más conocido de la obra de Salazar es su labor periodística de observador de la vida cultural y de cronista de nuestra sociedad, abiertamente comprometido con un ideal político. Se le ha de recordar también como autor dramático. Tal vez no sea injusto resumir, en forma muy somera, el propósito que parecía animar su obra teatral, diciendo que consideraba el teatro como una actividad eminentemente social, que se convierte en realidad no cuando la pieza se escribe sino cuando se representa. El contacto con el público es indispensable y para que el teatro peruano progrese (o exista) es preciso llevar espectadores a las salas que, en gran medida, han abandonado. Una pieza como *El fabricante de deudas*, pongamos por caso, puede criticarse desde muchos puntos de vista —Salazar, qué duda cabe, lo sabía muy bien— pero cumplió esa función elemental que es llegar al público, contribuir a la creación de un público para el teatro. La tesis puede ser discutible pero es útil y coherente y por ello —y por la generosidad que la animaba— respetable.

Recordamos esto porque, hasta cierto punto, es natural que muchos piensen en Salazar como un hombre de gran simpatía personal, un animador insustituible, un periodista y hombre de teatro de innegable eficacia. La lectura de sus *Poemas* ha de corregir y ahondar esa imagen. No encontramos en ellos concesión de ninguna clase, los últimos libros pueden ser de más fácil acceso que los primeros, pero la evolución no obedece a leyes ajenas a la poesía sino a la más alta exigencia artística. La poesía era para Salazar, como ha dicho Westphalen, el "triunfo secreto" de una personalidad que parecía vertida al exterior pero se reservaba un centro íntimo, intocable, en el que ninguna transacción era posible. En ese centro está su figura más auténtica. La poesía de Salazar, hecha de sensibilidad e inteligencia, es una de las más originales que se han escrito en nuestro país y en nuestro idioma desde hace mucho tiempo. Este libro quedará; esta voz estará siempre con nosotros.

En *Voz desde la vigilia* (1944) hallamos casi todos los errores de quien comienza a escribir. El joven autor quiere inventarse un lenguaje propio. En el primer poema pide prestados términos a la botánica, en otros los blancos tipográficos y los signos de admiración ponen de relieve versos como "¡Tú, toda llena de una aurora madre!" y es de temer que hasta "¡Trópico de ternura!" Dos años más tarde, en *Cuaderno de la persona oscura* (1946), Salazar ha progresado. De una parte practica el poema en versos libres, cargado de imágenes, que escriben entonces los lectores de Neruda, de otra la métrica y la rima tradicionales, después de estudiar a los clásicos y a Miguel Hernández. Las imágenes son pequeñas revelaciones aisladas pero carecen de organización, no ya intelectual sino de la que suscita la libre asociación poética. Los ejercicios de imitación pueden haberle resultado provechosos pero son superficiales; en la "Nueva oda al viejo modo de Fray Luis de León", por ejemplo, Salazar construye unas liras correctas de vocabulario arcaizante que recuerda a su modelo, y éste es todo el mérito del poema. Sin embargo el libro se lee con interés. El joven autor es lo que suele llamarse una promesa, su expresión es de una elegancia lejana de la declamación banal. Más aún, nosotros que sabemos que la promesa se cumplió, vemos claramente cómo el poeta se iba forjando su instrumento. Podemos incluso adelantarnos para apreciar la evolución ulterior en los dos aspectos que hemos mencionado, las imágenes y el manejo de las formas clásicas. En los primeros libros las imágenes son a veces hermosas y sorprendentes, pero valen por sí mismas, no se integran cabalmente al poema. Eso vendrá más tarde, aunque el muchacho que escribe: "Dadme este té con sabor de canela cubierta/de miradas y duchas la noble bebida amorosa", o bien "el ojo pesado del dios atravesando el vino dulce", es sin duda un poeta. Al llegar a la madurez, Salazar no perderá ese talento sensual y suntuoso, pero las imágenes quedarán sometidas a la unidad del poema y su tono será cada vez más personal, más suyo. Si antes abundaban los ecos, como en toda obra juvenil, llegará un momento en que reconoceremos de inmediato una voz original. Salazar seguirá, por otra parte, fiel a los clásicos, esos amigos de cuyo trato el poeta no se priva sino a pesar suyo, aunque dejará atrás la imitación, ejercicio de aprendizaje. Aludirá a los maestros varias veces, como en "Cosas no habidas", recogido en *Confidencia en alta voz*, cuya estructura recuerda un soneto de Góngora. En el breve poemario *Vida de Ximena* (1960) volverá al verso medido y será posible apreciar la distancia recorrida. Habrán quedado atrás los intentos iniciales, en que la aplicación un poco escolar arroja por resultado versos limpios y bien contados y poco o nada más. En el libro de la madurez el ritmo es suelto y sutil, los endecasílabos se encabalgan alegremente, todo da la impresión de lo natural e inevitable, y tanto dominio sirve de instrumento a un pensamiento poético propio.

Con *Máscara del que duerme* (1949) culmina la primera etapa de la poesía de Salazar. La forma es exquisita y a veces deslumbrante ("En las tinieblas un fósforo rompía/los torsos que amor penetra con los dedos/los semblantes que en el deseo se detienen") aunque se trate de destellos, de momentos de tensión que no siempre se mantienen. El libro representa un grado notable de depuración en relación con los anteriores, y bastaría para asegurar a su autor un lugar honroso en nuestra literatura. Los poemas se hallan despojados de toda anécdota; la experiencia, la débil experiencia de un joven limeño de los años cuarenta, está cifrada en un lenguaje que da la impresión de ser a un tiempo exacto e inasible.

Entre este libro y el siguiente se advierte una solución de continuidad. Al llegar a la madurez Salazar altera radicalmente su actitud ante la poesía. *Máscara del que duerme* era un punto avanzado en el camino elegido; cabía seguir en él, crear nuevos objetos verbales, bellos y cerrados sobre sí mismos, pero Salazar decide cambiar de orientación, aunque llevará consigo el oficio adquirido en sus intentos anteriores. Su poesía dejará de ser ese "cinema en la penumbra" contra el que más adelante ha de prevenir a los poetas jóvenes, pensando tal vez en lo que él había sido: "No estés solo/no hables contigo de ti mismo/no mires demasiado/tu cinema en penumbra [...]" ("Recado para un poeta joven", *El tacto de la araña*). La evolución de Salazar, de una poesía hermética en la que está ausente toda preocupación por la sociedad en que vive, de una poesía pura —para recordar un término muy empleado hasta hace unos años— a una poesía de acceso menos difícil, que expresa muchas de las inquietudes de los hombres de su generación y se dirige a ellos, es característica de un momento importante de la sensibilidad peruana. Tal vez no sea inútil tratar de precisar el punto de inserción de Salazar en nuestra tradición poética. En el Perú la obra de Chocano, la declamación de temas que halagaban a sus lectores, tales como una visión parcial de la historia peruana, el propósito de "cantar la naturaleza", o la figura del poeta como personaje romántico, se confundió durante mucho tiempo con la poesía. A partir de los años veinte los mejores poetas jóvenes, que puestos a elegir un maestro elegían a Eguren, se opusieron a esta tendencia. Insensibles a la sonoridad chocanesca, prescindían de la rima y empleaban el verso libre, de música más secreta; cansados de la propaganda, se ceñían a temas humildes o desterraban el tema tradicional para que el poema, juego gratuito de lenguaje, se justificase a sí mismo. La lectura de los poetas de vanguardia los estimulaba a todas las audacias. Al mismo tiempo, la ruptura con el público fue casi completa. Para los aficionados a *Alma América,* un libro tan hermoso como los *Cinco metros de poemas* de Carlos Oquendo de Amat debió parecer una broma absurda. Chocano y sus admiradores compartían una visión optimista del país y un gusto por la estridencia que los nuevos poetas, cada vez más conscientes de la realidad peruana, cada vez más fatigados del chocanismo, no podían aceptar. Su actitud ante el público fue de ironía o indiferencia, debieron contentarse con un puñado de lectores.

Todavía estamos cerca de esa época. Sonreímos al recordar que Chocano fue el "vate" coronado en una ceremonia pública delante de una multitud, que la identificación con sus lectores era total. Muchos creen ahora que la poesía debe ser todo lo contrario, un ejercicio solitario y misterioso, que no puede haber mucho en común entre el poeta y el público. Cabe observar que en cada momento existe una cierta distancia entre el poeta y sus lectores. Si la distancia desaparece o se reduce al mínimo, el impulso creativo puede estancarse en el conformismo. Si la distancia es demasiado grande, el poeta puede aislarse y renunciar a la comunicación. En ambos casos la situación no se debe a la naturaleza de la poesía sino a circunstancias de la sociedad que bien pueden cambiar. El optimismo ingenuo de comienzos de siglo marca la cultura peruana como también, en sentido contrario, la actitud más crítica que comienza en los años veinte. Así como en la época de Chocano, Eguren es una figura más bien marginal que anuncia lo que vendrá (estas figuras son de la mayor importancia en poesía, que es siempre algo más que un fenómeno social), durante los años siguientes la obra de Vallejo significará un nuevo cambio de dirección.

Los primeros libros de Salazar, a pesar de su tono moderno (los términos "moderno" y "modernista" solían emplearse desaprensivamente para designar lo que no se entiende) se hallaban vueltos hacia el pasado. Al iniciarse muchos escritores jóvenes creen ser rebeldes imitando las rebeldías del día anterior, que ya han triunfado. Salazar, Javier Sologuren y Jorge Eduardo Eielson publicaron por entonces una excelente *Antología de la poesía peruana contemporánea* en la que estaban representados Eguren y sus sucesores, los poetas más alejados de los epígonos del modernismo. La selección, lejos de ser revolucionaria, confirmaba en el plano crítico lo ocurrido durante los últimos decenios: Los jóvenes elegían para sí una tradición, afirmaban una poética que sería el punto de partida de sus propias obras pero que habrían de abandonar tarde o temprano. Después de *Máscara del que duerme,* Salazar se plantea nuevos problemas. ¿Cómo incorporar a su poesía los elementos que faltan en ella, enriquecerla con la realidad humana que lo rodea, a la cual se siente cada vez más sensible? ¿Cómo llegar a un público lector, reivindicar la función social del poeta? ¿Cómo conseguir esto —pues no busca, naturalmente, un retorno a los viejos modelos— sin renunciar a lo que ha ganado, a un riguroso criterio estético?

Existen razones de orden personal para que Salazar se haga tales preguntas en ese momento. Por entonces dejó su protegida vida limeña y se radicó durante un tiempo en Buenos Aires. La experiencia parece haber sido decisiva. Imaginamos fácilmente al autor de los primeros libros como un joven bohemio que habita un mundo propio de descubrimientos incomunicables. Sin duda hay en él ternura y generosidad, pero tal vez la sociedad en que vive no le preocupa mucho o, más exactamente, no advierte la relación entre ella y la poesía que quiere escribir, que es algo sutil y especializado. El Salazar de la madurez, de regreso en Lima, es un poeta distinto.

"Bohemio es un término despectivo" dijo en uno de sus artículos. Su preocupación social, cada vez más intensa, llega a abarcar toda su actividad y comprende su poesía. Salazar asume en forma ejemplar su responsabilidad de escritor; su posición política será cada vez más firme y decidida, aunque entraña sacrificios. En muchos escritores de su generación se observa un cambio semejante. ¿Qué significa esa preocupación social, entonces tan patente en nuestra poesía? Acaso después de años de distanciamiento los poetas volvieron a nosotros porque habíamos cambiado, y sentíamos ahora cada vez más necesidad de ellos, no para justificar el conformismo sino, por el contrario, para que nos ayudasen en una transformación que podía ocurrir, que acaso estaba ocurriendo en nuestro país.

En los primeros libros la poesía de Salazar era ese "cinema en penumbra" en el que los demás hombres no se hallan presentes o pasan como sombras. A partir de *Los ojos del pródigo* (1951) aparecen los demás seres de carne y hueso, el poeta se siente solidario de ellos. Ciertamente, la solidaridad no es una de las características más notables de nuestro ambiente, donde en ocasiones se ha erigido en virtud una astucia (llamada "criolla"), instrumento para imponerse a los demás por cualquier medio, eludiendo al mismo tiempo toda responsabilidad, y que no es sino una forma feroz del egoísmo. Salazar analizó y criticó esos vicios en uno de sus mejores libros, *Lima la horrible.* Frente a la injusticia, nos dice, que se da en todos los planos y contamina hasta la cultura, afirmar la solidaridad es una necesidad moral, que va unida a la inquietud social y política. La solidaridad ha de ser una de las claves de sus libros de madurez.

En ciertos poemas se nota el esfuerzo por tocar la realidad humana, por reducirse a una poesía de simple mención, casi objetiva; *casi* puesto que en un poema como "Mujer y perros", en que se advierte de inmediato la sobriedad de los medios expresivos, sobre todo en comparación con la riqueza de imágenes de los libros anteriores, el invisible trabajo literario transforma la escena vista en medio de la calle:

A Augusto, que la conoció

Recuerdo en Lima una mujer, una cansada
sombra de pordiosera que juntaba
perro a perro como los frutos de su vientre.

Eran canes de paso, animales
manchados, negros, hoscos, melancólicos hijos
que la escuchaban en el suelo y lamían su mano
agradecidos de una llaga,
un harapo mejor, un simple hueso.

Una mujer que se sentaba en una plaza
y cosía el alba y el ocaso al calor
húmedo y triste de sus perros.

A primera vista una descripción escueta, de tonos grises, en un lenguaje que no parece tener nada de insólito. ¿Cómo explicar la verdad y la belleza del poema? Desde hace muchos años escenas como ésta no son, por desgracia, raras en nuestra ciudad, aunque quienes pasan prefieran desviar la vista y no verlas. El poema se organiza con delicadeza en torno a una imagen central: la mujer junta a los perros *como a los hijos de su vientre*, los perros son sus *hijos*. La conmovedora necesidad de contacto humano se expresa no describiendo a la mujer sino humanizando a los animales, que son *melancólicos*, escuchan a la mujer y le están *agradecidos*, tienen un calor *triste*. No explicamos gran cosa, pues el análisis tiende a destruir la unidad de una visión recreada poéticamente, en unos cuantos versos sencillos que nos comunican la emoción de Salazar y su noble pudor ante ella.

Encontramos a partir de *Los ojos del pródigo* los poemas confesionales que volverán una y otra vez en la obra de Salazar, quien parece movido por el deseo de hallarse a sí mismo en la creación poética. El poeta no se presenta como un héroe o un personaje al margen de los demás. Aun su soledad, a la que no renunciará nunca, está rodeada por círculos concéntricos de los seres queridos, la familia, los amigos. El tema de muchos de estos poemas es la fraternidad. En el más superficial de los contactos, al recorrer calles y cafés, un día cualquiera, "Hombres y mujeres me ofrecen su compañía/sin conocer mi voz ni haber pronunciado mi nombre" ("Paseo"). La evocación de la familia anima un poema como "Navidad del ausente" (que a los lectores peruanos nos recuerda un poema de Valdelomar; sería un buen ejercicio compararlos y apreciar cómo ambos son igualmente eficaces, aunque de escritura muy distinta); desde lejos el poeta se siente unido a las gentes de su casa: "Yo sé que allá, a esta hora, alguien,/como un ave a mi encuentro remonta las distancias/y me recibe alegre, alegre". La nueva poética de Salazar habrá de confirmarse desde el primer poema de *Confidencia en alta voz* (1960):

> Pertenezco a una raza sentimental,
> a una patria fatigada por sus penas,
> a una tierra cuyas flores culminan al anochecer,
> pero amo mis desventuras,
> tengo mi orgullo, doy vivas a la vida bajo este cielo mortal
> y soy como una nave que avanza hacia una isla de fuego [...]
>
> *Confidencia en alta voz*

El poeta afirma su relación con los demás, que no lo disminuye sino lo completa. Las dos primeras estrofas comienzan con el mismo verbo: *pertenecer*. "Pertenezco a muchas gentes y soy libre" y se entiende que, justamente, el hecho de pertenecer a otros lo hace libre, que nada puede privarnos de la libertad como el egoísmo que primero nos aísla y acaba por destruirnos.

Tiene interés examinar también "otro reino", el segundo poema del mismo libro, una declaración de arte poética en que aparece la figura majestuosa de Rubén Darío. A veces, al leer libros peruanos o hispanoamericanos tenemos la impresión de que nuestros países carecen de tradición literaria. Los autores, atentos a modelos europeos, no parecen recordar a quienes aquí los precedieron. Sin embargo, a partir de Darío, precisamente, de esa gran fuente viva, existe una continuidad en la poesía americana, si bien es raro encontrar, como en este poema de Salazar, una manifestación explícita de sentido del pasado. Darío está visto como el inventor prodigioso de un reino poético ajeno a la realidad inmediata, de que son emblema los cisnes que lo rodean al final del poema, mientras él cierra los ojos. (Es la verdad pero no toda la verdad; además el Darío fuerte y triste de los "Nocturnos" nos habla de otras cosas y está muy cerca de nosotros.) A este reino de Darío opone Salazar la América de nuestros días que ve con amor pero sin ilusiones, como una cárcel habitada por "oscuros héroes", por "tristes grupos humanos", la "América dura y hostil", como ha dicho en un poema de *Los ojos del pródigo.* Salazar tiene conciencia de haber abandonado el camino de los primeros libros, ha rasgado, a espaldas de Darío, la página de la poesía pura. Otro poeta pedía, hace años, que se torciera el cuello al "cisne de engañoso plumaje". El poema de Salazar no está dicho en ese tono categórico, no es imperativo; en él se comprueba, como lo dice el propio Darío cerrando los ojos, que ese hermoso reino ya no es de este mundo.

Si Salazar intentase perpetuarlo caería en la esterilidad. Años más tarde, en "Improbable juventud" (*El tacto de la araña*), aludirá a sus primeros libros:

> La tradición colgó su retrato
> en un clavo en mi pared
> y ahí pintó su infausto cartel
> "Prohibido hablar al motorista".
> Obedecí, me amamantó la estéril loba.

"Prohibido hablar al motorista" es la advertencia que todavía repiten algunos a los poetas: la poesía y el poder no deben mantener ninguna relación, lo social no es asunto poético, la política acaba con la poesía que debe ser un canto personal, un balbuceo maravilloso, un adorno. Hay algo de cierto en esto. La poesía puede ser *también* un simple goce de lenguaje. Un clásico que recoge en bellos endecasílabos una gastada fábula mitológica, o vuelve a hilar en un soneto las imágenes delicadas que suscita la hermosura de una mujer, un contemporáneo que estalla en imágenes ambiguas y sorprendentes, reclaman nuestra atención y hablan a una parte de nuestra sensibilidad. El poeta que trata su poesía como instrumento de propaganda o intenta adaptarla a moldes ajenos a ella misma corre un riesgo gravísimo. Esto no quiere decir que lo social y lo político sean temas prohibidos. No hay temas prohibidos. La indignación ante la injusticia, pongamos por caso, no basta para escribir un poema. El poeta deberá tomar distancia frente a su emoción, dominarla y no ser dominado por ella, defender su libertad y lucidez de creador. El poema no se escribe con intenciones sino con palabras; se trata de encontrar las palabras justas, en suma, de un problema técnico. Todos los temas están permitidos y todos pueden ser perniciosos. No faltan sinceros enamorados que han escrito pésimos poemas y a nadie se le ha ocurrido prohibir la poesía amorosa. En los últimos años se han publicado en el Perú muchos poemas de tema social o político que hemos olvidado perfectamente. Los pocos poetas que vale la pena recordar ganaron la partida no por su emoción social sino por la expresión de su emoción social, no por ser hombres de ideas justas o generosas (o que lo parecían al lector) sino por ser buenos poetas. La suerte del poema se juega siempre sobre la página en blanco.

Si la preocupación política de Sebastián Salazar Bondy se advierte desde *Los ojos del pródigo*, sólo en su último libro, después de varias aproximaciones, intentará construir toda una obra sobre el tema político. Lo político no se habrá presentado de pronto sino después de una maduración de varios años, consecuencia natural de las inquietudes de su vida y su poesía. Salazar aguardará hasta sentirse más seguro de sus medios y ver más claro en la solución del problema estético. Entretanto el personaje central de su poesía seguirá siendo él mismo, la persona que va revelándose en la obra, el hombre interior melancólico y generoso que mañana ofrecerá su amistad a sus nuevos lectores. No hay en el afán confesional de Salazar arrogancia ni deseo de complacerse en la contemplación de la propia imagen. Nadie más distante que él de la presunción o el exhibicionismo. Por el contrario, la elegante discreción de sus confidencias es prueba de sinceridad, la ironía que vuelve contra sí mismo aleja toda tentación del orgullo. En el primer poema de *El tacto de la araña* (1965) describe su figura: "Dejo mi sombra,/una afilada aguja que hiere la calle [...] Dejo mis dedos espectrales/que recorrieron teclas, vientres, aguas, párpados de miel [...]/Dejo mi ovoide cabeza, mis patas de araña,/mi traje quemado por la ceniza de los presagios,/descolorido por el fuego del libro nocturno" ("Testamento ológrafo"). En éste y otros poemas está la premonición de la muerte, que da una urgencia trágica a los últimos libros. Aun enfrentado a esa situación límite, Salazar se vuelve a los demás; el autorretrato que acabamos de citar es el "frágil manjar" que ofrece a su mujer. Sin duda pasa en la soledad "horas de pesadumbre y de tristeza", pero les sucede una reafirmación voluntaria, que se puede llamar heroica:

> Si otra vez me encuentras como ahora
> y cae este chorro de pena desde mi triste frente
> recuerda que puedo volver a la fiesta,
> mentir que soy feliz, bailar hecho un loco
> y resplandecer como una lámpara humana que comunica
> su lumbre.
>
> "Guitarrista", en *Confidencia en alta voz*

El amor por la mujer, la hija y la familia, la amistad se inscriben en un orden que completan el amor doloroso de la patria, la visión de América, la solidaridad con todos los hombres, el anhelo de justicia. Este orden no es de círculos ajenos entre sí. En los poemas de amor, por ejemplo, expresión sin sentimentalismo de un sentimiento profundo, conmovedores en su dignidad, pueden unirse la mujer y la naturaleza: "[...] toco las playas del Perú/y toco también la carne de mi mujer/donde se ha encendido el fuego lustral del paraíso./Costa, mujer, todo es lo mismo en mí/todo es el sumo hervor de la sustancia humana [...]" ("Costa y mujer", *Confidencia en alta voz*). En "Mañana" (*Vida de Ximena*) piensa en su hija y viene a hablar del Perú: "Un día ella será como nosotros./Es duro y necesario. Bajo el cielo/del Perú habrá justicia, no este oscuro/árbol de pena y de violencia [...]". Los amigos, en fin, que ya había celebrado en otro poema (qué amigo de sus amigos fue Sebastián Salazar), donde eran: "solitarias almas de pronto reunidas/cuyas palabras no se pierden en el aire que borra los días" ("Los amigos", *Confidencia en alta voz*), ahora parecen cobrar nuevo sentido pues, aunque sean de "una vieja amistad de pocas horas", vuelven de pronto al silencio, a la memoria, para beber juntos "para que ebrios cantemos que todos los hombres somos uno" ("Los convidados", *El tacto de la araña*).

Hemos dicho que Salazar fue avanzando con prudencia hacia el tema político. En algunos poemas de *El tacto de la araña* habría de tratarlo con mayor seguridad, ya sea que, como en "Operación Ayacucho" o "Pregunto por la tierra perdida", escribiese desde su intimidad, o que, como en "Listen yankee", "Rayo de cadáver" o "Sobre los héroes", hablase en nombre de muchos. Este último poema trata de un momento de la historia del Perú. En una de sus páginas más famosas, José Santos Chocano había cantado a los conquistadores, con los cuales a veces parecía identificarse. Una nueva visión del Perú supone una visión distinta del pasado. "Sobre los héroes" comienza:

> Ustedes tenían dioses impacientes
> y también caballos, grandes ruidos, fría destreza marcial,
> y fogosas eran las imprecaciones y los hierros
> que empolvaban el aire de las luciérnagas serranas,
> el fino cristal de las pajas sonoras,
> con tanta mortandad por un oro delgado como la
> Sagrada Forma.

Habría que citar todo el poema que basta para apreciar la espléndida madurez de Salazar. La preocupación por ciertos temas o el deseo de comunicación no ha afectado en nada el rigor de la escritura. La unidad del poema, su desenvolvimiento dramático es impecable. No hay en los primeros libros un verso lujoso y cargado de significación como "con tanta mortandad por un oro delgado como la Sagrada Forma", juego sutil de aliteraciones, ritmo dominado, grave y diverso. El propósito del poema no es, ciertamente, la celebración de los conquistadores. El poeta se pregunta por los vencidos:

¿Pero ellos? Me pregunto por ellos,
los espantados de ver los ojos de bestia de la
muerte extranjera
aproximarse a sus pechos
bautizados de improviso por la exhalante espuma del galope,
los últimos hijos de sí mismos que quedaban,
los últimos vestigios de la enormidad del cielo,
los últimos inventores de moles parecidas en su poder a la
fecundidad.

"Sobre los héroes"

El triunfo de los conquistadores no puede ser para Salazar tema de su poesía; el tiempo "ha comenzado a oscurecer aquellas victorias". El pasado cambia de sentido; el porvenir demostrará que los "señores héroes" victoriosos, durante tanto tiempo dominadores, "fueron únicamente un zarpazo/el gesto de un tigre quimérico que está acabando en nuestro sueño".

El esfuerzo más ambicioso de Salazar en el tema político fue *Sombras como cosas solidas* (1965), libro que dejó inconcluso a su muerte. Se trata, más que de una serie de poemas, de un solo poema dividido en varias partes, en el cual lo confesional y lo autobiográfico debían unirse en una visión épica de la realidad peruana, tratando personajes y acontecimientos de nuestra historia reciente, *trattando l'ombre come cosa salda,* al igual que en el verso del *Purgatorio* que da título al libro. Los símbolos privados adquieren vigencia social y se convierten en imágenes del destino común. La repetición de esos elementos da unidad al poema. La nota autobiográfica:

Nací en un leve nido
de barro y caña de Guayaquil
(calle del Corazón de Jesús, donde ahora
parece fracasar un taller de mecánica)

"Sombras de origen"

se asocia en otra parte a la visión de la sociedad y a la rebeldía:

> Oh nido, casa débil, antiguo origen
> sin flores restallantes, ni espacios abiertos,
> no me resigné,
> tú sabes que no me resigné,
> porque si la muchedumbre nombraba a un caudillo,
> el caudillo urdía con su clamor la telaraña de la
>   soberbia,
> y si cundía en la prensa la imagen de un general,
> el general ordenaba acribillar a los lectores
>
> "El cuerpo desollado"

y por último lo personal se vuelve de todos, el poeta habla por los demás y es parte de los demás:

> Y en la madeja, el barro y la caña del íntimo origen
> crecen, se animan, desenvuelven su razón fulgurante,
> no ya en mi voz quebradiza sino en el unánime
> canto de todos
>
> "Sombras del destino"

A su vez las imágenes de nuestro pasado reciente se encuentran ligadas a la vida del poeta, que las comparte con sus lectores. En "Desterrados de la luz", por ejemplo, unas notas muy escuetas bastan para que se reconozca, aun si no se han vivido esos años, a dos presidentes del primer tercio del siglo: "El Señor Presidente acariciaba/las crines de viento de su caballo favorito" o "El comandante [...]/puso negra camisa violenta/a la ignorante soledad de los pobres". Existen en nuestra historia, como en la vida del poeta, momentos de desaliento:

> ¿Qué hacer?
>   ¿Dónde poner la mirada
> sino en la persona prisionera?
> [...]
> ¿Qué título optar?

¿Qué placa conmemorativa descubrir?
¿Qué campanario barroco ponderar como joya
hispanoamericana?
[...]
¿Para qué,
pero para qué fue descubierta esta última morada salvaje?

"Sin saber para qué"

Salazar proclama, en la poesía como en la vida, su preocupación por la política, en la que fue un luchador firme e infatigable, su adhesión a la revolución, a la transformación de la sociedad que nos libere a todos, que "rompa el cristal que nos separa" ("La fábula que retorna"). El círculo se ha cerrado. La poesía de Salazar comenzó bajo el signo del aislamiento y los últimos versos del libro serán de lucha, de esperanza y de identificación con las fuerzas revolucionarias: "Ahora golpea, libertador, que estoy en ti:/¡Eres nosotros!"

El tacto de la araña y *Sombras como cosas sólidas* son libros póstumos. El primero parece un texto listo para la imprenta; del segundo publicaron sus editores una versión "que no presenta vacíos y es presumiblemente la más reciente". Se trata de una primera redacción que sin duda el autor pensaba revisar más adelante. Prueba de ello es el poema "Para ponerse de acuerdo" del que hay otra versión, evidentemente corregida, titulada "Otros tiempos y versos mejores" en *El tacto de la araña.* Comparar ambas versiones es comprobar la inteligencia crítica de Salazar: la segunda es mejor, en todas sus variantes. Es probable que prefiriera terminar el libro que se hallaba más avanzado, dejando de lado *Sombras como cosas sólidas* para seguir trabajando en él —corrigiendo las páginas que llevaba escritas, suprimiendo quizá algunas, escribiendo seguramente otras—. *El tacto de la araña* es el momento más alto, más perfecto de la obra poética de Salazar. *Sombras como cosas sólidas,* a pesar de sus fallas de obra inconclusa, indica la dirección, o al menos una de las direcciones, en que orientaba su poesía: hacia una más estrecha alianza de los temas aubiográficos y los sociales, al tratamiento épico del reciente pasado peruano en que la propia vida aparecería como clave del destino común. Salazar no había intentado antes un poema de tan amplio alcance y su lectura nos confirma lo que ya sabíamos: que desapareció en la plenitud de su madurez creadora.

REGRESO A SAN GABRIEL

En esos meses pasados en San Gabriel, como para que no faltase nada, hubo también un terremoto. Lucho, el narrador, se conmovería más tarde leyendo en los periódicos que llegaban de Lima muchos artículos elocuentes sobre la solidaridad nacional. Sintió entonces la impresión de pertenecer a una patria unida y no a una simple suma de gentes y territorios. Pero el duelo duró poco tiempo y pronto la impresión quedó olvidada junto con la retórica que la suscitara. Justamente, uno de los temas de la *Crónica de San Gabriel* es la sucesión de horizontes no integrados: San Gabriel, Santiago, Trujillo, Lima. La serie no termina aquí: después de San Gabriel está la mina, que depende de la hacienda y, aún más lejos, Los Naranjos, las tierras de la madre de Lola, donde ni siquiera llegan visitantes. Al extremo opuesto, aunque la mayoría de los personajes apenas puedan imaginarlo, se halla el otro mundo, superior a Lima: el narrador alude a la Segunda Guerra Mundial, cuyo fin inminente determina una baja de los precios del tungsteno; la mujer de don Evaristo, el hacendado rico, se jacta de que sus hijos, que hablan inglés, irán a estudiar a los Estados Unidos. Todos estos lugares, desde el último fundo peruano hasta los países extranjeros donde se dirigen las exportaciones, son no solamente los polos en que transcurre o hacia los cuales tiende la vida de los habitantes de San Gabriel, sino también los centros ascendentes de la explotación, los centros descendentes del dominio económico, cultural y hasta policial, llegado el caso. Éste es el marco de la *Crónica*, que es también una novela política o, al menos, admite una lectura política. Es posible imaginar lo que hubiera sido la novela sin estos elementos: un relato psicológico con personajes que se moverían, en un ambiente de vago paternalismo, ante un telón de fondo pintoresco (como en los cuentos de Ventura García Calderón), del todo librados a sus sentimientos o pasiones y sin que se advirtiera la presión del medio sobre ellos. El libro sería muy inferior al que tenemos y el tratamiento de este marco revela la inteligencia artística de Ribeyro. Lo personal y lo político se hallan estrechamente imbricados. La carga política (en el sentido más amplio de la palabra) equilibra, compensa, pone de relieve el elemento propiamente novelesco, la clave individual, la parte de la imaginación y el sueño.

En San Gabriel la quiebra moral y la quiebra económica se reflejan mutuamente. Leonardo se llena de deudas e hipoteca las tierras que acabará por perder como ha perdido a la mujer. El nuevo propietario será sin duda Evaristo, que no es en lo fundamental distinto de Leonardo, aunque sí hombre de más dinero, mejores relaciones y menos escrúpulos, mientras que carece de una dignidad que Leonardo posee: "Había en su gravedad, en sus modales, algo de gran señor sobreviviente y desesperado". Los dueños de San Gabriel son propietarios serranos, forman parte de una clase condenada cuyos miembros tienen en común una total ineficacia. Este juicio no es político ni moral, se refiere a algo anterior y más elemental, la simple capacidad de supervivencia. Leonardo con sus manías esporádicas de trabajo, Felipe repartiendo puñetazos o corriendo detrás de las mujeres, don Evaristo que ha hecho asesinar al ingeniero González (y un indio indefenso pagará por el crimen), todos son, a fin de cuentas, igualmente ineficaces, porque al no haber sabido o podido construir un mecanismo de producción viable y una cultura propia, dependen de centros ajenos de poder. En tanto que explotador, el propietario serrano mantiene formas económicas arcaicas, una versión decaída de las relaciones coloniales; en tanto que explotado, dependiente de una fuerza exterior, participa de un sistema moderno en el cual no logra integrarse. Los blancos de San Gabriel explotan a los indios pero se benefician cada vez menos de esa explotación. El sufrimiento de los peones, la vida desdichada de los amos son igualmente inútiles; siervos y patrones son piezas poco importantes de un mecanismo mayor, de una economía y una cultura que no comprenden.

Para crear cualquier cosa blancos e indios tendrían que unirse, o al menos hallar un terreno común, lo cual es imposible; entre ellos ni siquiera aciertan a hablarse, no por una cuestión de buena o mala voluntad, ni tampoco por la diferencia de idioma que recuerda el origen colonial de la sociedad en que viven. Felipe golpea a los indios rebeldes y Lucho trata de beber con los mineros sin ganar su confianza: en ambos casos la incomunicación sigue siendo absoluta y su imagen más clara es el indio sordomudo, encarcelado inicuamente por un crimen que no ha cometido. La ruptura entre las clases impide la existencia de una verdadera cultura regional: de una parte está la cultura obstinada del pueblo indígena que el narrador, venido de Lima, no puede conocer; de otra la cultura imitativa, vuelta hacia afuera, de los dueños de San Gabriel. La relación con los centros de poder, que les impone una condición secundaria de simples intermediarios económicos y políticos, transforma también a los propietarios serranos en malas copias de la cultura de las ciudades y determina su condición de sombras. Ribeyro no pretende dar a sus personajes un encanto que no pueden tener; los trata con respeto pero no cierra los ojos ante lo que no hay más remedio que llamar su vulgaridad. Bastaría una escena para desvanecer toda pretensión aristocratizante (en el Perú no tuvimos nunca aristocracia) y aun todo intento de convertir a San Gabriel en el escenario de una pieza de Chejov, de fina elegancia desanimada.

> Vi, entonces, desarrollarse ese magno, ese esperado almuerzo en el cual se comió con ferocidad. La chicha había encendido los semblantes y batió pronto en retirada cualquier vestigio de etiqueta. Renunciando a los tenedores se cogieron las presas con la mano. Al final los hombre se despojaron del saco, tiraron gargajos por el colmillo, contaron historias sucias.

En buena hora si esta conducta fuese muestra de vitalidad, pero al día siguiente los personajes reanudan sus vidas mortecinas, después de un intermedio que no fue de energía sino de mera excitación. Lo vulgar, algo más que una cuestión de modales, nos ha revelado durante un instante una inautenticidad profunda. Lo dueños de San Gabriel son, si se quiere, un "fin de raza", pero dudo que inspiren nostalgia aun a los lectores más partidarios del pasado. Los hacendados han perdido casi todo lo que su tradición tuvo de respetable: la religión, por ejemplo, no pasa de una ceremonia despachada rápidamente entre la irrisión y la indiferencia. En San Gabriel se repiten, con algo de caricatura, las formas limeñas de sociabilidad, pero todo esfuerzo por adueñarse de la cultura venida de fuera (técnicas, lectura) está condenado al fracaso. A solas en su habitación Jacinto, quizá si el espíritu más fino de la familia, sigue tocando la mandolina, pero esa música tenue se perderá pronto en el silencio.

La *Crónica de San Gabriel* está integrada por varias oposiciones que en parte se superponen, aunque sin llegar a coincidir enteramente: Lima y la provincia, la ciudad y el campo, la costa y la sierra, la cultura y la naturaleza. Para Lucho el viaje a San Gabriel es un cambio de escenario y también la entrada al mundo de los adultos. El tío Felipe es el encargado de la iniciación, no con su miserable sabiduría ("No creas nunca en la honestidad de las mujeres") sino con sus actos, que Lucho imita cuando aprende a beber o a trabajar y, sobre todo, cuando ensaya, con el retraimiento y las audacias súbitas del tímido, sus amores no consumados. Sin embargo el lector no tarda en convencerse de que, a pesar de sus fanfarronadas, el iniciador no es capaz de iniciar a nadie. Al comenzar el viaje Lucho admira a Felipe y ve en él "un ejemplo digno de imitarse". Felipe no merece esa admiración: es un mujeriego que no llega al libertinaje, presume un día de cinismo y otro lamenta la impureza de las mujeres. En suma, es un ser débil, menos sensual que incontinente y en sus contradicciones no hay un conflicto trágico sino tan sólo la moral —la falta de moral— blanda, aprovechadora, llena de prejuicios de quien pasa por la vida embebido en el placer y la rapacidad y no alcanzará nunca la madurez. Felipe es el seductor seducido que cree haber arrebatado la mujer a Leonardo cuando sólo ha servido de instrumento para que ésta deje San Gabriel; a su vez, Leonardo quedará en poder de otra mujer, que lo reclama para sí como cosa abandonada. San Gabriel está lleno de turbias luchas sexuales en que las mujeres suelen ser las más fuertes. No hay que creer en la cobardía o la impotencia de Lucho porque no acierte a seducir o a dejarse seducir; esos triunfos son ilusorios, y si se resiste a ellos es tal vez para no hundirse en el mismo pantano que los mayores. Detrás de la iniciación aparente, en la que Felipe propone su ejemplo irrisorio, está la otra iniciación, mucho más sutil, que se lleva a cabo merced al contacto con el paisaje y las gentes de San Gabriel.

Un primer elemento de ironía es que la sierra ofrece a Lucho la promesa de una vida más fuerte y más libre, mientras que sus parientes provincianos quisieran vivir en la ciudad que él ha abandonado. La sierra representa para el costeño lo que Lima para los serranos: el acceso a una existencia mejor por el simple cambio de ambiente, la esperanza de una transformación que los personajes ponen en el mundo exterior para no asumirla en sí mismos. Los habitantes de San Gabriel se sienten desterrados en su propio medio. Santiago, la ciudad más próxima, ofrece algunos de los elementos que faltan en la hacienda; Trujillo y Chiclayo son algo más; Lima, un ideal casi inaccesible. Hasta Leonardo, apegado a la tierra, último defensor de antiguas tradiciones de propiedad agraria, siente la tentación en sus horas de desánimo: "Por momentos me provoca vender el fundo y trasladarme a Lima. Allí puedo comprar algunas casitas y vivir de mis rentas". Buena observación: la única actividad a que aspira Leonardo es la de rentista, como suele ocurrir en una clase de modestas ambiciones parasitarias, que carece de toda iniciativa o imaginación económicas. Lo que en Leonardo es apenas un vago proyecto que no se decidirá a poner en práctica, pues comprendemos que sólo partirá a pesar suyo cuando pierda la tierra, se afirma en los demás como un deseo más preciso. Jacinto habla de una casa junto al mar; Leticia sueña con compartir la vida elegante de sus primas limeñas; Emma quisiera partir a la ciudad para, al fin, *vivir como gente.* Alfredo, un adolescente al igual que Lucho, piensa en una naturaleza distinta, aunque para él la imagen del mar no sea, como Lima para los demás, el signo de una vida más plena, sino la posibilidad de huir, el deseo de muerte, a medias expresado, que la humillación despierta en él:

> Yo nunca he ido al mar— decía. —En Trujillo lo vi una vez de lejos. Pero me gustaría saber nadar y meterme adentro, tan adentro que nadie me pueda ver y piensen todos que me he ido al fondo, junto a los ahogados.

En cambio Lima es para Lucho un olor "a baptisterio, a beata de pañolón, a sacristán ventrudo y polvoriento", imágenes larvarias de infancia, de una vida de encierro. Cuando llegue a la sierra la primera sensación será exaltante:

> Un aire puro, concentrado, me penetraba por la boca como una emulsión y me daba la ilusión de la fortaleza. A cada paso me sentía capturado por la violencia de la sierra, huida para siempre mi enfermiza y pálida vida de ciudadano.

La sensación de fortaleza provocada por el aire tónico de la altura es sólo una *ilusión* dirá más tarde, lo cual es un comentario posterior, la reflexión desengañada sobre una experiencia y no la experiencia misma. Por lo demás, el descubrimiento de la sierra se opone a los años pasados en Lima, que Lucho recuerda sin nostalgia, y la evocación de la ciudad habrá de confirmarse poco después: "En San Gabriel había demasiado espacio para la pequeñez de mis reflejos urbanos". Lucho no será en ningún momento un contemplador desinteresado del paisaje, que lo devuelve siempre a la propia personalidad, a la memoria, a las relaciones con los demás. Al borde del estanque, acostado de espaldas, contempla el cielo de la sierra, que otra vez se opone al recuerdo de la costa, pero sabe que, dentro de un instante, la hermosa muchacha saldrá del baño y se acercará a él. El paisaje que tiene ante los ojos sugiere la nitidez del deseo:

> Contra el cielo purisímo pasaban intermitentemente bandadas de palomas blancas, de picos amarillos, de guanchacos de pecho colorado. Aquí el paisaje tenía una belleza concreta. Se reconocían los colores, los límites de las cosas. No era como en las costas donde el mar, los arenales y las brumas ponían mil espejismos e impregnaban todo de vaguedad y melancolía.

No faltan en la literatura hispanoamericana ejemplos del viejo tema de la vuelta a la naturaleza, en los que basta huir de la ciudad, de la "enfermiza y pálida vida de ciudadano", para integrarse a un mundo más primitivo en que el hombre se encuentra a sí mismo. Ribeyro es demasiado moderno para creer en esa salvación y demasiado honrado para, sin creer en ella, proponerla al lector. El hombre de la ciudad puede detestar la vida que lleva pero, aun en casos aislados, es raro que un cambio de ambiente baste para transformarlo, sobre todo si el retorno a la tierra no es, en realidad, sino un intento de evasión hacia el pasado. Lucho no puede dejar de ser un limeño, aunque no sea sino porque las gentes de San Gabriel se lo recuerdan a cada paso, en un tono burlón que no basta para ocultar la admiración o la envidia. Lo cierto es que el mundo de la naturaleza, que mira desde lejos, le parece más vasto y más libre pero la entrada no le está permitida. A fin de cuentas, ese mundo resulta más bien imaginario, pues tampoco acaban de poseerlo sus parientes, que viven en el campo vueltos hacia la ciudad y deseando marcharse; sólo los indios son en verdad gentes de la tierra —aunque la tierra no sea de ellos— pero se hallan separados del narrador, como del lector, por una total incomunicación, algo tienen que decirnos y no sabemos escucharlos. En una de las escenas centrales de la novela, Lucho decide subir al Cerro de la Cruz desde donde se domina el valle. Ribeyro ha insertado una nota de ironía que parece dirigida tanto contra el personaje como contra sí mismo. Alguien le ha prometido a Lucho que encontrará vizcachas.

Al llegar a la cumbre comencé a explorar el roquedal, en busca de las vizcachas. Mis esfuerzos fueron inútiles: en mi vida había visto una vizcacha.

Como tantas veces en Ribeyro, la ironía y la emoción van juntas; en este caso la ironía destaca, por contraste, el instante siguiente en que, por una vez, Lucho sale de sí mismo y queda absorto ante el paisaje:

> Todo eso era tan hermoso y tan grande para las pobres palabras [...] que serían necesarias todas las lenguas de la tierra para cantar tanta grandeza.

El personaje y su autor se han confundido. Frente a la naturaleza, Lucho siente el problema de la expresión, lejos d perderse en la hermosura quisiera hacerla suya por la pala bra —deseo que entraña un distanciamiento— y comprend de inmediato que esto es imposible; no lo sabe pero ya es u escritor, aunque por ahora sólo reconozca la impotencia de su vocación. Veremos que la final de la novela volverá a insinuarse el tema del testimonio de la propia experiencia. En l cruz de madera puesta en la cima del monte, Lucho descubr las iniciales y fechas que han grabado las gentes del valle esto lo arranca de su soledad. La naturaleza sin los demás sido, durante un instante, la exaltación; la naturaleza hab da, el recuerdo de la sociedad, es el desánimo:

> En un instante, esa tierra grandiosa que yo había soñado com zó a poblarse de figuras humanas y no todas eran buenas, ni seables, ni felices. De la tierra también brotaba la cizaña. [... tristeza renació y, sin poder dominarme, quedé largo rato in desalentado, estrujando con los ojos la belleza inútil, el ve desesperado de la tierra.

La comunión con la naturaleza no se lleva a cabo; es imp ble olvidar que se vive en sociedad. El narrador no logra solver en la visión su personalidad angustiada y termina humanizar el paisaje, infundiéndole su propio desalient verdor de los campos es desesperado, la belleza de la tierra, que durante un momento lo deslumbrara, inútil.

La visión de la naturaleza es una promesa que no se cumple, la inminencia de una revelación que no se produce, porque el narrador se encuentra atrapado en sus relaciones personales y debe ser algo más que un simple testigo de hechos ajenos en medio de los cuales pueda pasar indemne. Esos hechos lo han transformado y estarán siempre en él, como lo anuncia una imagen que es una de las claves de la novela: "Los incidentes anteriores habían dejado su larva y mi corazón comenzaba a pudrirse". Lucho piensa sobre todo en la muerte del ingeniero González, que le había enseñado a "mirar la vida como un espectáculo incoherente". Por primera ez el narrador se halla frente a la muerte súbita, violenta, njusta. La muerte le parece *imperdonable.* Eso no es todo. o más probable es que González, un agrónomo enviado de a costa para resolver un conflicto de linderos entre una conunidad indígena y un propietario, haya sido asesinado por orden de este último, aunque en San Gabriel nadie lo diga biertamente. Hace falta un culpable. Los guardias, mestizos ue odian a los comuneros indígenas y temen a los señores lancos, detienen a un indio sordomudo, que Lucho ve en el labozo de la hacienda:

> l detenido, que se había agachado hasta quedar en cuclillas, esollaba como un animal acosado. Agitando los brazos comenó a gruñir señalando a los guardias. Con sus manos enormes se olpeaba el pecho y movía la cabeza haciendo un gesto negatio. [...] Yo quedé un rato contemplando por la rendija el ojo del elincuente. Era un ojo irritado y terrible, que me llenó de estuor, porque me pareció que por él miraba, no a una persona, no a una multitud de gente desesperada.

í se pone en evidencia la injusticia que preside la socie- de la sierra y la violencia que a veces puede desatarse. o de los señores locales ha llegado al crimen contra el endo del poder exterior que ponía en peligro sus intereses. no entraña, naturalmente, una rebelión, puesto que se evita la ruptura con las autoridades y, más aún, se acusa del asesinato a un inocente incapaz de defenderse. Nadie se atreve a denunciar el abuso. Lucho tampoco se rebelará. Al igual que sus parientes, lo separa de los indios una distancia infranqueable. Más tarde, cuando estalle el motín de la mina, que los hacendados deberán reprimir por la violencia, Lucho reconoce, no como una elección sino como un hecho indiscutible, que su lugar sólo puede estar en uno de los bandos:

> Yo había deseado vivamente el triunfo de la gente de la hacienda y no sin cierta perversidad vi caer a Parián abatido por los golpes de Felipe. Después de todo, era la suerte de las personas con quienes convivía, de quienes me trataban como uno de los suyos, la que se jugaba en ese momento. Era mi propia suerte y por esto el resultado me aliviaba, si bien no lograba enardecerme.

Ya es mucho si los sentimientos del narrador han sido ambiguos, como lo dice, pues si no aprueba la sublevación, piensa que en ella "había algo de desesperado, de heroico y al mismo tiempo de necesario" y se extraña de que no haya ocurrido antes. Sin embargo es un forastero y, aunque esté del lado de los patrones de San Gabriel, no llega a ser uno de ellos. Un tiempo antes había dado unas clases de historia a Alfredo, quien le preguntó cómo era posible que los indios llenos de piojos que veían cada día, cuyo único alimento eran papas y quinua, hubiesen sido siglos antes los guerreros incas, fundadores de un imperio. Lucho, desconcertado, fue con esas dudas a sus tíos y sólo consiguió que le respondieran con evasivas. Entonces, añade, comprendió que sus tíos "se habían convertido en los custodios de una verdad que no se atrevían a revelar, pero que algún día descubriría, por mí mismo, al ver cómo caían las horas allí, cólera sobre cólera". Esa verdad se va descubriendo lentamente durante el transcurso de la novela, esas cóleras estallan en las escenas de violencia y se guardan también en el corazón del joven testigo. No basta expresarlas diciendo que San Gabriel es una sociedad fundada en la explotación, que sus dueños lo saben y están condenados a desaparecer porque han perdido la fe en sí mismos. Si bien parece importante poner de relieve el marco social y político de la novela de Ribeyro, tampoco debe olvidarse que su intención no ha sido escribir un ensayo, aligerado por elementos narrativos, sobre las condiciones de vida en la sierra, una obra que aspire a la propaganda y no a la literatura. El marco está sugerido y no impuesto, surge de la acción y, a su vez, es necesario a la acción. El valor documental de la novela es sólo uno de sus aspectos, como lo es también, por ejemplo, la trama sentimental tan bien urdida a la que casi no se hace referencia en estas páginas. Todo se halla vinculado en la unidad de la obra de arte y esa verdad, que los dueños de San Gabriel callan, podría expresarse de otra manera —no en el terreno social o histórico sino en el puramente personal— diciendo que su manifestación es el destino de Leticia, cifra del fracaso de su familia, en que las fuerzas del egoísmo que rigen la sociedad configuran un desenlace de frustración y sufrimiento. Ribeyro hubiera podido intentar una descripción del mundo serrano desde dentro, como en los libros de José María Arguedas, pero no es probable que lo hubiera conseguido: su experiencia es muy distinta y no bastan las buenas intenciones para adueñarse literariamente de un modo de vida ajeno. La adopción del punto de vista de un adolescente limeño para relatar los hechos es un primer acierto, entre otras cosas porque su situación era próxima a la del joven autor, aunque ciertamente —conviene no perderlo de vista— el autor y el narrador no se confunden.

Por lo demás, lo social y lo personal se unen de muchas maneras. A poco de llegar a San Gabriel, Lucho conoce a Jacinto, personaje marginal, dulce y meditativo, salvado quizá por su mansa locura, desde la cual comenta la acción, a veces con agudeza. Jacinto le advierte: "Hay muchas cosas que tú tienes que saber. Para ti seremos todavía un poco salvajes. San Gabriel no es una casa, como tú crees, ni un pueblo. Es una selva". Y poco más tarde: "Aquí el pez grande se come al chico. Los débiles no tienen derecho a vivir". No sabemos si piensa en la casa de San Gabriel y en las personas que viven en ella, envueltas en oscuras intrigas, o bien en la hacienda de San Gabriel, donde los patrones explotan a los indios, o en ambas cosas. Es igual: la casa está fundada en la injusticia y la injusticia ha entrado en la casa. Las relaciones entre sus habitantes, bajo una amabilidad aparente, son relaciones de poder. Jacinto se ha refugiado en la soledad y Marica, la abuela de la dueña de casa, vegeta ciega y sorda en una habitación (entre ambos se establece una extraña amistad, una alianza). Los demás se hallan comprometidos en una lucha por la dominación, en que las relaciones amorosas son el campo de batalla secreto. Los más jóvenes asisten a esta lucha y padecen las consecuencias. Alfredo se siente humillado por lo que sabe y no puede decir; Leticia es una pobre muchacha que quisiera ser fuerte y al final será una víctima. En un momento, para librarse del ambiente, Lucho se sume en la lectura, pero los libros de Alejandro Dumas lo devuelven, por contraste, a la sociedad de San Gabriel. Frente a las novelas,

> La vida real estaba llena de trampas, de oscuras amenazas contra las cuales no podían ni la virtud ni el heroísmo. La gente moría sin saber por qué, los amantes eran traicionados y los pobres de espíritu no veían nunca el reino de la justicia.

En la última parte de la *Crónica de San Gabriel*, bien precisado el contorno natural y social de la casa hacienda, el relato se va acelerando y la observación queda centrada en el pequeño mundo de los protagonistas. Lo que al comienzo podía pasar por una vida estable y segura es, en realidad, una quiebra. Al terminar la acción, la familia de Leonardo está deshecha, Felipe y Lucho —los visitantes que precipitaron la intriga— han partido y hasta las propiedades se perderán poco más tarde. Una vez cerrado el libro descubrimos muchas cosas que Lucho, el narrador, había callado por ignorancia, por pudor, por miedo a enfrentarse con la realidad o por simple reticencia, pero que el autor ha sugerido sutilmente (decíamos antes que el narrador y el autor no se confunden). Los silencios conforman una segunda historia que se reconstruye en nosotros. Cuando Emma huya con Felipe, el lector verá confirmarse lo que antes había sospechado pero, aun entonces, al ver que Leonardo asiste a la escena desde una ventana, fumando con indiferencia, hará quizá un nuevo descubrimiento y se dará cuenta de que el dueño de San Gabriel no era el marido ciego que podía suponerse. Ribeyro se ha complacido en escribir una novela aparentemente tradicional; faltan en la narración los juegos con el tiempo y otros artificios experimentales que son la retórica de nuestra época; los capítulos, cada uno de los cuales tiene un título, suelen acabar con una sorpresa que reanima el interés del lector. Las notas arcaizantes son una imitación deliberada de la novela del siglo XIX, un homenaje que rinde Ribeyro a sus autores preferidos; el lector descubre que poseen el encanto frágil pero durable de los objetos antiguos y, no sin cierta sorpresa, que han resistido mejor, veinte años después, que algunas técnicas más modernas —o más de moda— utilizadas en las novelas de los años cincuenta. La modernidad de Ribeyro se encuentra en otros elementos, en la meditación sobre el medio social y político que hace de la *Crónica* un libro crítico, y en el arte tan sagaz con que sabe emplear el punto de vista. Al lector que crea disponer de todas las claves que permiten construir el relato que se halla detrás del relato, la novela no escrita, se le puede aconsejar que desconfíe de sí mismo. ¿Está seguro de que conoce la verdadera historia, de que ha logrado corregir las desviaciones inevitables del punto de vista del narrador, interpretar sus omisiones? Suponga el lector, por ejemplo, que el hijo de Leticia no es de Felipe, como todo parece indicarlo, sino del propio Lucho: la perspectiva de la novela cambia al instante. El problema consiste en saber si el texto permite esa interpretación; no parece que así sea, pero no es inútil señalar la posibilidad a fin de poner a prueba cierta opacidad característica de Ribeyro. Como todos los personajes profundamente imaginados, en Lucho existe una parte de misterio que escapa a su autor y que él mismo no comprende: "Mis decisiones más importantes eran siempre dictadas por sentimientos contradictorios". La novela es una descripción muy precisa de cierta sociedad peruana pero también, y sobre todo, la revelación de una conciencia. Al final el protagonista sabe que ha atravesado una prueba decisiva y que lleva consigo un testimonio. Lucho el personaje se ha convertido en Lucho el narrador, los hechos conducen a un relato:

> Tenía la impresión de que algo mío había quedado allí perdido para siempre, un estilo de vida, tal vez, o un destino, al cual había renunciado para llevar y conservar más puramente mi testimonio.

La última imagen será otra vez de la naturaleza, no de la sierra sino de la costa recobrada. El mar, como los hombres y mujeres que poblaron la novela, es un ser agresivo y voraz:

> Entonces ya no pensé en otra cosa que en el mar, en sus vastas playas desiertas que las aguas mordían a dentelladas lentas y espumosas.

La naturaleza y los hombres se confunden en una visión pesimista: la crueldad insaciable del mar, que nos queda en los ojos al cerrar el libro, designa también el egoísmo feroz de las gentes de San Gabriel, criaturas de una sociedad deformante, desde hace tanto tiempo injusta. En Ribeyro, como en otros de los mejores escritores peruanos, el pesimismo no es una inclinación personal que pueda resolverse en datos psicológicos o biográficos, sino una manera de ser dignamente ante la realidad del sufrimiento. *La Crónica de San Gabriel* es un ejemplo de lo que pueden, en un país como el nuestro, una clara inteligencia y un corazón en su sitio.

LOS PERSONAJES DE "LA CASA VERDE"

FUSHÍA es el movimiento. Huye de Campo Grande a Iquitos, de Iquitos a su isla cerca de la frontera con Ecuador y luego deja la isla y atraviesa la selva peruana para llegar a San Pablo. Fushía es también, o aspira a ser, el movimiento en la sociedad. Quiere el poder y la riqueza, es el hombre de acción, el empresario, el aventurero. Como ha empezado sin capital —lo repite una y otra vez— piensa que el crimen es el único camino para llegar donde se propone. La selva está lejos de ser esa tierra prometida soñada por algunos en que los hombres pueden dominar la naturaleza para enriquecerse. Fushía se convierte en un criminal y un explotador, acalla en sí toda generosidad, no comprende la generosidad en los demás. El medio elegido acaba por convertirse en un fin en sí mismo. Fushía es un sádico, su pasión lo domina y lo lleva al fracaso. En cambio Julio Reátegui, tan inescrupuloso como él, tiene éxito. Reátegui es un hombre de aire sociable y a veces hasta bondadoso. Mucho más astuto que Fushía, dispone de un poder real. Fushía muestra las uñas a cada paso, Reátegui sólo recurrirá al terror cuando sea necesario. Fushía la fiera se halla enjaulada dentro del sistema: un simple instrumento, una pieza en el mecanismo de producción, a nivel muy bajo. Sus víctimas —Lalita, Nieves, los indios— se le van de las manos y Aquilino es el único que no lo abandona, con lealtad para él incomprensible. En vez de servirse de los demás, Fushía los ha ahuyentado, no ha sabido utilizarlos, como hace Reátegui. Elige una violencia estéril que se vuelve contra él y la realidad confirma la elección íntima. La lepra que lo consume refleja su egoísmo casi heroico; la impotencia sexual, el aislamiento en San Pablo revelan lo ilusorio de su poder, lo vano de su voluntaria soledad que acaba por destruirlo. (Anotemos al pasar un recurso expresivo de Vargas Llosa: la palabra *lepra* no se menciona. Vamos descubriendo lentamente la enfermedad de Fushía y el descubrimiento es más atroz, de mayor eficacia literaria, porque la enfermedad no ha sido nombrada. El propio lector la designa, la crea a base de los datos que le ofrece el novelista: elipsis mágica.)

Fushía aparece en el río, símbolo del movimiento y la temporalidad; su historia transcurre en una constante tensión en el tiempo. Vargas Llosa la cuenta en un relato de ritmo acezante, cortado por diálogos en que se superponen los diversos planos temporales. Un ejemplo basta para dejar en claro el procedimiento. Fushía, haciéndose pasar por un rico comerciante, se ha hecho hospedar por don Fabio y ha huido robándole dinero. Don Fabio contará la historia a Reátegui, su patrón, así como Fushía contará su aventura a Aquilino mientras ambos navegan hacia San Pablo. En la escena siguiente la narración tiene tres planos temporales, se mezclan tres diálogos: Aquilino-Fushía, don Fabio-Reátegui y Fushía-don Fabio:

—¿Y qué llevabas entonces en esa maleta, Fushía?- dijo Aquilino.

—Mapas de la Amazonía, señor Reátegui- dijo don Fabio.

—Enormes, como los que hay en el cuartel. Los clavó en su cuarto y decía es para saber por dónde sacaremos la madera. Había hecho rayas y anotaciones en brasileño, vea qué raro.

—No tiene nada de raro, don Fabio— dijo Fushía. —Además de la madera, también me interesa el comercio. Y a veces es útil tener contactos con los indígenas. Por eso marqué las tribus.

—Hasta las del Marañón y las del Ucayali, don Julio— dijo don Fabio— y yo pensaba qué hombre de empresa, hará una buena pareja con el señor Reátegui.

—¿Te acuerdas cómo quemamos tus mapas?— dijo Aquilino. —Pura basura, los que hacen mapas no saben que la Amazonía es como una mujer caliente, no se está quieta. Aquí todo se mueve, los ríos, los animales, los árboles. Vaya tierra loca la que nos ha tocado, Fushía.

—Él también conoce la selva a fondo— dijo don Fabio. —Cuando venga del alto Marañón se lo presentaré y se harán buenos amigos, señor.

—Aquí en Iquitos todos me hablan maravillas de él— dijo Fushía. —Tengo muchas ganas de conocerlo. ¿No sabe cuándo viene de Santa María de Nieva?

Fushía regresa constantemente al pasado, pero también está lleno de proyectos. Toda su vida ha estado vuelto hacia el futuro. Al final, recluido en el leprosorio, sin la menor esperanza, lo obsesiona el regreso de Aquilino, prometido para el año siguiente. Entretanto, dice, hará marcas en la pared con el pie que le queda sano para ir contando los días. Termina siendo lo que ha sido siempre, el hombre dividido entre el pasado y el futuro, que no puede ponerse fuera del tiempo.

Don Anselmo llega un día a Piura y nunca se irá de la ciudad. Nadie sabe de dónde ha venido ni lo que hizo antes; no parece tener proyectos ni ambiciones; si se convierte en el patrón de la Casa Verde no será porque, como Fushía, esté decidido a enriquecerse. Fushía es el movimiento, lo temporal: el río. Don Anselmo, el hombre de un solo sitio, sin pasado y sin futuro: la casa. Ambos son figuras trágicas, pero mientras Fushía elige por destino la agitación inútil, que le deja el sabor de la mala suerte y las traiciones a las que atribuye su fracaso, don Anselmo, en su amor por Antonia, la niña ciega, ha vivido un instante intocable fuera del tiempo, que lo ilumina y lo justifica. Fushía también ha estado a punto de enamorarse de la niña shapra pero, a diferencia de don Anselmo, se resiste al amor, lo niega.

La historia de don Anselmo requiere una técnica de exposición propia. La primera parte —llegada a Piura, fundación de la Casa Verde— está contada por una voz que representa la memoria colectiva de los piuranos y tiene una resonancia de mito:

> Se ha hablado tanto en Piura sobre la primitiva Casa Verde, esa vivienda matriz, que ya nadie sabe con exactitud cómo era realmente, ni los auténticos pormenores de su historia. Los supervivientes de la época, muy pocos, se embrollan y se contradicen, han acabado por confundir lo que vieron y oyeron con sus propios embustes. Y los intérpretes están ya tan decrépitos y es tan obstinado su mutismo, que de nada serviría interrogarlos. En todo caso, la originaria Casa Verde ya no existe. Hasta hace algunos años, en el paraje donde fue levantada —la extensión del desierto limitada por Castilla y Catacaos— se encontraban peda-

zos de madera y objetos domésticos carbonizados, pero el desierto, y la carretera que construyeron, y las chacras que surgieron por el contorno, acabaron por borrar todos esos restos y ahora no hay piurano capaz de precisar en qué sector del arenal amarillento se irguió, con sus luces, su música, sus risas y ese resplandor diurno de sus paredes que, a la distancia y en las noches, la convertía en un cuadrado, fosforecente reptil.

Vemos a don Anselmo como un hombre joven y lleno de vigor, luego como un pobre viejo ensimismado. Casi no hay transición entre las dos figuras. Hemos seguido con detenimiento la evolución de Fushía pero unas pocas líneas bastan para contar la transformación de don Anselmo; no lo vemos cambiar, en realidad, sino aparecer en estampas fijas, que lo retratan en momentos distintos. Se reitera así su calidad intemporal; la inmovilidad conviene al personaje. El tiempo devora a Fushía; don Anselmo, en cambio, se salva y acabará por ser un hombre oscuro y silencioso que vemos a través de los demás. Todavía se enciende cuando evoca el amor y la muerte de Antonia, momentos centrales después de los cuales su vida se ha detenido. El personaje que ven los otros es un fantasma; el ser auténtico de don Anselmo se halla fuera del tiempo, es interior:

Y una última vez pregúntate si fue mejor o peor si la vida debe ser así, y lo que habría pasado si ella no, si tú y ella, si fue un sueño o si la cosas son siempre distintas a los sueños, y todavía un esfuerzo final y pregúntate si alguna vez te resignaste, y si es porque ella murió o porque tú eres viejo que estás conforme con la idea de morir tú mismo.

La preocupación por el tiempo impregna toda la novela. El comienzo de *La Casa Verde*, que se pierde en el mito, sucede hace unos cincuenta años; el final, en nuestros días. La narración no es lineal. Se alternan constantemente los planos temporales; pasamos del presente al pasado lejano; asistimos a las consecuencias de un hecho antes de conocer, muchas páginas más adelante, el hecho mismo; vemos a un personaje en momentos de su vida sin relación alguna, cuyo vínculo sólo se presentará más tarde; sumidos en la acción, los personajes cuentan lo sucedido, y la acción presente y el relato o el recuerdo del pasado tienen idéntica vigencia. No es sólo que Vargas Llosa haya conseguido levantar, con seguridad magistral, una estructura tan compleja. La mejor prueba de su madurez de escritor es que la estructura es necesaria. El autor va graduando sus efectos: mientras en uno de los relatos la tensión se acumula o se disuelve, en otro se produce la crisis. Nuestro interés se mantiene en todo momento y, al terminar la lectura, comprendemos que *La Casa Verde* no podía escribirse de otra manera.

Don Anselmo y aun Fushía tienen cierta grandeza, siguen hasta el fin sus obsesiones. Parte de la novela se dedica a otra historia, que está lejos de ser trágica, la pequeña vida de los inconquistables, hecha de astucias y cobardías, con algún destello de gracia o nobleza. Los ínfimos bohemios de la Mangachería son mediocres y amables, en ellos viene a descargarse la tensión suscitada en otros episodios más graves. Los unen los recuerdos de infancia. Son todavía un poco niños, gente que se va dejando vivir, guiada sólo por un vago inconformismo, el gusto de la juerga y una decidida aversión al trabajo. El mejor es Lituma, que en la selva cumple su deber sin entusiasmo, aunque entrañe un abuso. A su vuelta a Piura lo absorbe otra vez la existencia muelle de sus amigos. Quiere a Bonifacia, su mujer, pero pronto la maltrata y afirma su superioridad masculina. En un momento de borrachera adopta una actitud heroica que no es la suya y va a parar a la cárcel. Otro de los inconquistables, el único que no ha sido compañero de infancia de los demás, prostituye a Bonifacia. A su regreso Lituma decide vengar la ofensa y, tras una preparación inquietante, el castigo se cumple sin exageraciones, con una simple paliza ritual. Lituma es un hombre débil, incapaz de perdonar, de salvar a su mujer, de salvarse a sí mismo. No hay en la historia de los inconquistables hazañas ni grandes pasiones. Vargas Llosa los presenta con buen humor, sin predicar lecciones de moral.

Lo contrario de esa ruidosa debilidad es la fuerza serena de Aquilino o del práctico Adrián Nieves. Ambos son expertos navegantes de los ríos amazónicos; tal vez la vida en la naturaleza los ha formado, mientras que la ciudad costeña corrompe a los inconquistables, de nombre irónico. Aquilino será siempre un solitario; Nieves se une durante un tiempo a Lalita, con quien se ha escapado de la isla de Fushía. Son hombres sin ambiciones y si la aventura los arrastra es un poco a pesar suyo. Nieves prefiere entregarse a la policía antes que convertirse para siempre en un fugitivo; Aquilino reanuda su pequeño comercio fluvial. Sin muchas palabras (a diferencia de los verbosos inconquistables) respetan un código de honor sencillo y combinan como pueden, en un mundo peligroso, la supervivencia con la lealtad. Cierta pureza los defiende: Fushía no consigue entender que Aquilino no lo haya engañado, como él lo hubiera hecho, pero tampoco Aquilino o Nieves comprenden la crueldad de Fushía, para ellos absurda e inexplicable. En los personajes femeninos se advierte una dignidad semejante. Una y otra vez Lalita vuelve a formar su hogar destruido y logra criar a los hijos de tres hombres, imperturbable. Bonifacia asume su condición de explotada; al final, mantiene a Lituma y a sus amigos, crea su propio orden. En ambas perdura una bondad ciega, invencible. Aun las monjas de Santa María de Nieva, que en la escena inicial raptan a niñas indias para llevarlas al convento, muestran su ternura al despedirse de Bonifacia. La excepción entre las mujeres es la Chunga, la hembra masculinizada, dura y rencorosa, solitaria.

En los episodios de *La Casa Verde* que suceden en la selva los indios son personajes secundarios pero siempre presentes. Es fácil burlarlos: no hablan español, creen que Iquitos es una persona, venden el caucho a precios insignificantes. La novela empieza con el rapto de las niñas indias por las monjas; sólo Bonifacia, que también es india, se compadece de las niñas y las deja escapar. Para los demás su decisión es incomprensible: están convencidos de que arrebatando las niñas a sus padres, haciéndolas avergonzarse de su cultura, se hace obra de civilización, por más que la sociedad no les ofrezca otro lugar que no sea la servidumbre. A los indios adultos los vemos desde fuera, a través de personajes que los desprecian y para quienes su idioma no pasa de gruñidos y escupitajos. Entre ellos recordamos la figura de Jum, el cacique de Urakusa. Un cabo ha dedicado sus días de licencia a asaltar el pueblo de Jum cuando éste se hallaba ausente, pero los indios se han defendido y lo han golpeado. Las autoridades quieren imponer un castigo ejemplar y torturan a Jum. Una y otra vez Jum pedirá que se le haga justicia: en vano, pues ni siquiera logra hacerse entender. Este hombre que repite patéticamente "piruanos, piruanos" reclama una nación que no se preocupa de su suerte, que no lo conoce, que no lo toca sino para despojarlo: La indignación ante esos abusos, la compasión por las víctimas informa una parte de la novela, pero Vargas Llosa no ha escrito una obra de propaganda en que el bien y el mal se repartan entre personajes caricaturales. El autor no interpreta, no explica: cuenta, y cuenta bien. Esto basta para que el lector comprenda, por ejemplo, que la situación de los indios de la selva no se debe a la mala fe de unas cuantas personas, cuanto a un hecho más amplio, el encuentro de pueblos indefensos con una sociedad codiciosa e insensible, más fuerte que ellos, que tiende a destruirlos. Dos personajes que conocemos de oídas han tratado de organizar a los indios y darles conciencia de sus propios derechos pero no lo han conseguido.

Quien leyera un resumen de *La Casa Verde* podría pensar que se trata de una novela de un pesimismo desesperado. Por el contrario, al terminar su lectura nos queda una impresión de profunda afirmación vital. No es fácil explicar esa impresión, que tal vez no todos los lectores comparten. Algunos libros nos dicen que vivimos en un mundo acabado, que el hombre no es sino una criatura angustiada o, peor aún, un animal de presa o una víctima humillada, que las relaciones humanas están envilecidas. Por el contrario, al leer *La Casa Verde* sentimos, a pesar de la sociedad injusta que describe y del destino trágico o sórdido de muchos de sus personajes, que el hombre es capaz de conservar su dignidad ante todos los desastres y que, contra las razones para el desaliento, subsiste cierta obstinada esperanza, cierta alegría. Vargas Llosa parece consciente de ello, pues ha querido cerrar la novela con una memorable escena final de serenidad y buen humor, que es un comentario a lo narrado. Nadie podrá acusarlo de optimismo ingenuo. Su obra tiene mucho de crítica y denuncia pero, al mismo tiempo, se halla animada por una enorme vitalidad. El tono mismo del libro, la vivacidad del relato, el acento épico de muchos episodios revelan el temperamento del autor. El análisis somero de los personajes nos ha llevado a la misma conclusión. Se diría que su creador los quiere y los respeta: son lo que han decidido ser y mantienen su identidad hasta el fin. Los personajes de *La Casa Verde* son libres y esa intuición de libertad está en el centro de la creación de Mario Vargas Llosa.

VALS VARIABLE

EN "LIMA LA HORRIBLE", Sebastián Salazar Bondy cita "El Guardián", un vals peruano:

> Yo te pido, guardián, que cuando muera
> borres la huella de mi humilde fosa
> y no dejes crecer enredadera
> ni que coloquen funeraria losa.

Yo conozco una versión que dice:

> Yo te pido, guardián, que cuando muera
> borres el rastro de mi humilde fosa
> no permitas que crezca enredadera
> ni que coloquen funeraria rosa.

Quien no quiere losa sobre su tumba pide para sus restos la confusión y el olvido general; quien rechaza la rosa se niega sobre todo al recuerdo sentimental, a las visitas románticas de la viuda o la amante. Esto parece acordarse mejor con los versos siguientes:

> Deshierba mi sepulcro día a día
> arroja lejos el montón de tierra
> y si viene a llorar la amada mía
> hazla salir del cementerio… y cierra.

Me temo que estos versos son más para ser cantados que para ser leídos. Los puntos suspensivos representan el breve silencio significativo que debe intercalarse en ese lugar. La puerta que se cierra es, sin duda, tremenda: la separación de la muerte se ahonda y hace definitiva en virtud de un acto voluntario, de un segundo suicidio de quien, perdida la vida, quiere acabar también con la memoria.

Alfonso Reyes dice en alguna parte que las populares canciones de Agustín Lara no son canciones populares. Los valses son populares en el primer sentido, no en el segundo. Tenemos también (o tuvimos, pues la radio, la televisión y el cine acaban rápidamente con ellas) canciones populares tradicionales, que muchas veces son coplas españolas que al llegar al Perú cambiaron de música. La marinera "Palmero sube a la palma", flor de nacionalismo, es —Dios me perdone— de las Islas Canarias; "Yo quiero pasar el río sin que me sienta la arena" recuerda a Andalucía y hasta a Lope, y "Moreno pintan a Cristo/morena la Macarena" fue seguramente una reivindicación de gitanos sevillanos antes que de negros limeños aunque, como la Macarena no es de esta parroquia, algunos prefieren decir "la Magdalena". Los valses son canciones más recientes, urbanas, escritos por autores inspirados en malos ejemplos, tales como la poesía romántica hispanoamericana (se canta un poema de Juan de Dios Peza), los tangos, los folletines. Sin embargo suele haber en ellos verdaderos relámpagos. Alguien ha dicho, con justicia, que en "María Luisa" la invocación

Déjame ver tu poderoso talle...

tiene un súbito sabor clásico, aunque no citaré el verso siguiente, en que la imagen se precipita al desastre. En "Hermelinda" lo mejor sea quizá un adjetivo:

Tu rostro peregrino...

Podrían citarse muchos ejemplos, que el lector limeño guarda en la memoria. En general, la incapacidad expresiva ha presidido la composición de los valses, haciéndolos tiernamente cursis y patéticos, cuando no de un humor involuntario. De un tiempo a esta parte les han mejorado la gramática, los han hecho más conspicuamente limeños e inspirados en Raúl Porras Barrenechea cuando no en García Lorca. Yo prefiero los antiguos, escritos cuando aún no se había descubierto que las veredas de Lima fuesen tan poéticas y se cantaban las desolaciones del amor y la muerte.

Otra nota del vals puede ser su hermetismo. En "Ídolo" figura esta oscuridad indescifrable:

> ¿Por qué quitarme quieren la pena de no matarme?

y también la estrofa siguiente:

> Ídolo tú eres mi amor
> empréstame tus agonías
> que aunque faraón de amor
> no serán como las mías.

Ignoro si el tercer verso alude a Egipto o a un juego de naipes. Los cantores lo cambian, con el vano propósito de hacerlo más comprensible, y dicen:

> que aunque mueran de dolor

o bien, todavía con mayor timidez,

> que aunque sean de dolor

lo cual tiene menos gracia pero no más sentido.

Los valses varían, según el cantor. Supongo que los textos se transmitieron y transformaron en la tradición oral. (Los cancioneros, folletos mal impresos que en otro tiempo se vendían en los puestos de periódicos, no eran muy de fiar.) Esto provocó verdaderos hallazgos. En "El espejo de mi vida", el protagonista se dice:

> Ya estoy viejo, hay arrugas en mi frente
> mis pupilas tienen un débil mirar...

No ha faltado quien, al no entender el "débil mirar" (palabras que, en efecto, resultan un poco borrosas en el canto), se resolviera heroicamente a inventar una palabra para designar las miradas parpadeantes de la vejez. Yo soy testigo, yo he oído, con admiración:

> mis pupilas tienen un desmismirar…

Pero el caso más sorprendente que conozco es el vals "Yolanda". La primera vez que lo escuché me llamaron la atención los versos:

> He de romper con un fierro la luna
> recogiendo mi corazón hecho pedazos.

No sé si la palabra "luna" designaba al satélite terrestre o al vidrio de una ventana. En el primer caso se trataba de una hazaña titánica, en el segundo de un modesto atentado contra la propiedad. En ambos, la imagen resultaba inesperada en un texto erótico y algo quejumbroso. Después oí otras versiones:

> He de ladrar como un perro a la luna...
> He de aullar como un perro a la luna...

Tristezas insólitas aunque comprensibles, pero en boca de un cantor poco imaginativo he escuchado lo que creo es el texto original:

> He de llorar como un pierrot a la luna
> recogiendo mi corazón hecho pedazos.

Pierrot es, en Lima, una importación algo violenta y sus llantos vagos e intranscendentes; alguien lo transformó en un perro que ladra o aúlla a la luna, o irguiéndose como un gigante, destrozó la luna de un golpe, con ingenuo vigor de pintor primitivo, para luego inclinarse a recoger los pedazos de su corazón, roto en una especie de correspondencia cósmica. Donde menos se piensa salta la poesía.

EL SOL DE LIMA

El Perú fue el Imperio del Sol, Lima es la capital del Perú, por consiguiente no puede haber en el mundo un lugar más soleado que Lima. El clima tropical de nuestra ciudad es una de nuestras características más famosas. No lo pueden olvidar, aunque quieran, los limeños en viaje. "¿Es usted de Lima?" preguntan los nativos, "¿Hace calor allá, no es cierto?" Esto último en el tono confidencial de quien está bien enterado. Una vez don Ismael Bielich asistía a una conferencia internacional en Europa, durante un verano en que la temperatura llegó muy por encima de los treinta grados. "Para usted esto no es nada" le decían sus colegas, "los limeños están acostumbrados a mucho más". Y el doctor Bielich: "Señores, si en Lima llegamos a sentir tanto calor, derribamos al gobierno".

Todas las rectificaciones son inútiles. ¿Cómo explicar que la ciudad del sol es tan húmeda que a veces la creemos submarina, que la niebla nos ha vuelto a sus habitantes un poco anfibios? Los europeos se negarían a admitir el desengaño. Ahora mismo, en un cine del centro pueden verse las aventuras del rey de los falsificadores —que por cierto es Jean Gabin— retirado de la vida peligrosa en un paraíso sudamericano cuyo nombre no se menciona. Vemos largas playas con palmeras, guajiros, bellas mulatas silenciosas, caballos de carrera, una atmósfera luminosa que parece el sueño de una siesta. He aquí el lejano, el inalcanzable ideal de muchos espectadores europeos. En un momento los personajes pasan por una carretera y un cartel indica la dirección de la ciudad más próxima: el Callao. Ya sabemos dónde estamos.

Por lo demás, el falsificador jubilado no hace sino seguir una tradición que no es reciente. En un estudio de Sainte Beuve sobre la señorita Lespinasse (segundo tomo de las *Causeries du Lundi*) puede leerse: "El señor de Mora era de opinión que ni siquiera las mujeres españolas podían compararse a su amiga. ¡Oh! no son dignas de ser alumnas suyas, le repetía sin cesar; tiene usted el alma calentada por el sol de Lima y mis compatriotas parecen haber nacido en los hielos de Laponia. Y era de Madrid que escribía estas líneas. No la encontraba comparable sino a una peruana, a una hija del sol".

Este sol de Lima que brilla sobre algunas damas de París tiene una existencia mágica. Lima no es aquí una ciudad sino una región mítica, una convención literaria. Su imagen evoca la Arcadia, el país feliz donde nada ha ocurrido y que por eso tienta a quienes, fatigados de la sociedad industrial, quisieran volver a una naturaleza elemental y ardiente, aunque sea tan inventada como el sol de Lima. Para muchos los nombres del Perú y su capital pertenecen aún a los reinos de la mitología, no han entrado definitivamente en la historia. A ello se debe, en parte, su misterio y su prestigio. El sol imaginario de Lima luce para los otros, pero no disuelve nuestra niebla ni entibia el aire de los días grises.

NOTA: Algunos de los textos recogidos, con ligeras correcciones, en el presente libro se publicaron antes en revistas: "Aproximaciones a Garcilaso", en *Libre,* núm. 4, París, 1972. "*La Florida del Inca",* en *Amaru*, núm. 14, Lima, 1958. "El Lunarejo", en *Literatura,* núm. 2, Lima, 1958. "Ceremonia en otoño", en *Revista Peruana de Cultura,* núm. 5, Lima, 1965. "Vagamente dos peruanos", en *Letras Peruanas,* núm. 13, Lima, 1962. "Dos versiones de una venganza", en *Creación & Crítica,* núm. 2, Lima, 1971. "Martín Adán en su casa de cartón", en *Proceso,* núm. 0, Lima, 1964. "La poesía de Sebastián Salazar Bondy", en *Amaru,* núm.6, Lima, 1968. "Los personajes de *La Casa Verde",* en *Amaru,* núm. 1, Lima, 1967. "Vals variable", en *Textual,* núm. 4, Lima, 1972. "La agonía de Rasu Ñiti", "Chocano y Luis Alberto Sánchez" y "El sol de Lima" se publicaron en el diario *Expreso,* Lima, en 1962. Los demás textos son inéditos.

ÍNDICE

Este libro se terminó de imprimir y encuadernar en el mes de diciembre de 1993 en Impresora y Encuadernadora Progreso, S. A. de C. V. (IEPSA), Calz. de San Lorenzo, 244; 09830 Mexico, D. F.
Se tiraron 2000 ejemplares.

UNIVERSITY OF CA. RIVERSIDE LIBRARY
3 1210 01274 9089

TURN PAGE FOR
BAR CODE
The University Library
UNIVERSITY OF CALIFORNIA/RIVERSIDE